戦国一の職人《せんごく いちの しょくにん》

天・野・宗・助

龍斎

【絵】すざく

TOブックス

もくじ

【絵】すざく
【デザイン】おおの蛍（ムシカゴグラフィクス）

プロローグ　二〇二三年　天野宗助展　開催

二〇二三年　某月　東京の大江戸博物館。

大江戸博物館はそこそこ大きく、そこそこ人の入る博物館である。

その博物館の会議室にて、複数人の男女が集まり机を囲い会議をしていた。

彼らは博物館で働く者達であり、その会議は来年の特別展示を決める大事な会議である。

この特別展示の反響次第では来年の予算を多くもらえたり、知名度を上げることも出来るために大事な会議なのだ。

「やはりここは西洋の画家の物を……」

「いや、ここは中国文化のですな」

「それは二年前にやりましたぞ、もう少し新しいものを……」

「しかし、話題に上《のぼ》る展示がいいでしょう」

「と、いいましてもなぁ……」

あれやこれやと案を出すも会議は難航。どの展示もいまいちしっくりこないと悩む博物館の役人達の空気は重い。

今回も会議は長丁場になると覚悟をした館員達を救ったのは、会議を経験するためと入れられた一人の若き青年の案であった。

「あの……！」

今年、入った新人である彼は顔が緊張から引きつり、耐えるように震えながらもまっすぐと手を挙げていた。

一斉に視線を向けられたじろぐ若者だが、隣にいた高齢な役人が安心させるように背を撫でて落ち着かせる。その役人だけでなく他の役人の目も優しく若者を見ていた。

「いいんだよ、何か思いついたのだろう？　言ってごらん」

「そうよ、今私達は全然思いつかないもの、若いあなたの意見を聞きたいわ」

普段から大人しくあまり話さない若者が自ら手を挙げたのだ、是非聞きたいと彼を知る者達は思い、優しく声をかける。周りから言ってごらん、大丈夫だよと声をかけられるも緊張で固まる若者に館長も優しく声をかけた。

「君が勇気を出して手を挙げてくれたんだ、是非聞きたいなぁ」

優しく、心からの館長の言葉に若者は緊張した面持ちで席を立ちあがる。

発言をしようとする若者を優しく受けいれた先輩役人達はその若者の意見に耳を傾けようと静まり返った。

その様子を確認した若者は一度息を整えると少し裏返った声で案を発表した。

「あの、あ、天野宗助氏の作品を展示するのはいかがでしょうか！」

若者から出た案に一瞬しんと静まり返るも、広報担当の男からがははと豪快な笑いが会議室に響く。

この反応に若者はあぁ、やめておけばよかったと、泣きそうな顔を真っ赤にして必死にこらえた。こんな思いをするならば手をあげねば良かったと悔やむ中で広報担当の男は笑い終えると立ち上がり、くしゃりとした泣きそうな顔をする若者の傍まで歩むと、若者の頭を豪快な笑いと同様な手つきで撫でた。

「お前！　随分渋い趣味してんだなぁ！　天野宗助が出るなんてなぁ！」

「驚いたなぁ、まさか若い子から天野宗助の名前がでるなんて……でもいいかもしれない！　ちょうど展示予定の年は彼の没後四五〇年になるじゃないか！　記念の展示としていいよ！」

若者の提案を聞いた役人達はおおっと声を上げ、頷きあう。

そして頭の中で構想が練り上がっていった彼らは意気揚々と提案した若者の頭や肩を撫でる。

その先輩たちからの反応にポカンとした若者は今度は恥ずかしさから顔を真っ赤に染めた。

「よくやった！　すごくいい案じゃないか！」

「その、今、歴史物のゲームが人気で天野宗助氏も知られています……！　関心度は高いかと思いまして……！」

「あぁ、話には聞いたけどゲームの……うん、確かに話題性もあるね」

「それに天野宗助の作品はどれも逸話を多く持ちます、歴史好きにはたまりませんぞ！」

「なんせ現存しているほとんどの作品が国宝・名品ばかり！　見る価値も高いですよ！」

水を得た魚のように意気揚々とあぁしよう、こうしようと案を出す館員達に挟まれた若者はオロオロと辺りを見回している。意見を出して褒められたものの、話の会話の速度から全く追いつけていなかったのだ。

　パンッ！　パンッ！　と手をたたく音が会議室に響く。

「はい、お静かに」

　興奮気味に話し、騒がしくなる会議室に対して発案者の若者が置いてきぼりになっていることに気付いた館長が見るに見かねて、手を叩き静かにさせると、役人たちは慌てて自分の席へと戻った。

　その様子を見守っていた館長は最後の一人が席に着くとにっこりと笑顔を浮かべる。

「さて、決まりましたね。次回の特別展示は天野宗助の没後四五〇年記念の特別展示とします。反対意見は……ありませんね。では準備を始めますよ」

「「「「はい！」」」」

　その展示会の情報は博物館が発表するとすぐにニュースになった。没後四五〇年を記念した天野宗助の特別展示を行うと。
《大江戸博物館にて没後四五〇年を記念した戦国時代の職人天野宗助の特別展示を行うと発表されSNSなどで大きな話題となっています》
《天野宗助は戦国時代にて活躍した職人であり、天下人の月《ツキ》ケ《ガ》原《ハラ》義晴《ヨシハル》に最も愛された職人として有名です。彼の多くの作品には不思議な逸話があり、多くの武将や商人、他にも海外にまで彼の作品を所有していると記録があります》
　このニュースに多くの人が沸き上がった。

それは彼の作品が多くの有名な武将や伝説を生んできたからであり、戦国時代以降の時代劇もしくは大河ドラマには必ず一つは登場するのだから知名度は高かった。

とある擬人化ゲームのキャラを推しにしている者達はそのニュースに黄色い歓声をあげた。

「ねぇ知ってる⁉　大江戸博物館で天野宗助の作品が展示されるんだって！」

「マジ⁉　じゃあ、星海宗助を見れるの⁉」

「やばい！　流星宗助もいるのかなぁ⁉」

「昴も来るのかなぁ～！　星の刃みたい～！」

「展示されるなら推しを見るチャンスだよ！　絶対に行かないと‼」

「待って！　サイト見たらコラボ決定ってあるから確定じゃん‼」

「「行かなきゃ‼」」

天野宗助の作品の展示のニュースは歴史好きな者にも歓喜の声を上げさせた。

「ひゃあ～、天野宗助の作品展示とかやばいなぁ……！　あの名品、名画を一気にとかすげぇ……！」

「見ろよ！　作品展示まだ交渉中のもあるけど！　ここの展示確定欄に白百合の薙刀《なぎなた》に、清条の名茶器の星呑みがあるぞ！　山狼の屏風《びょうぶ》とか、海断ちの脇差とかでねぇかなぁ‼　……まぁ、さすがに四神像は無理だろうけど」

「あれは京都の守護のための物だから無理だろ」

「ってやべぇよこれ！　始まりの掛け軸あるじゃねぇか！　これは個人所有のやつだから滅多に見られないぞ」

「ひぃぃ！　星刀剣三振りも展示確定してるからチケット戦争やばそうなのになぁ……」

「でも一度は生で見たいだろ！　頑張るしかねぇって！」


とある老夫婦はテレビのニュースを見て展示の事を知った。

「ほぉ！　天野宗助展か！」

「まぁ、確か歴史に名高い職人さんでしたねぇ」

「うちのご先祖様がお世話になったそうじゃよ、……婆さん、展示する博物館は都内じゃし、デートで行ってみるか」

「えぇ、勿論。お爺さんとならどこへでも行きますよ」

「儂も婆さんとならどこでも行けるよ、おぉ！　そういえばうちにも家宝の一つに天野宗助の作品があったなぁ！　良ければ展示をしてもらおう！」

「あら！　すてきですねぇ！」

「チケットは孫にどうやってとるのか聞いてみるか」

「博物館の電話番号はどこかしらねぇ」


とある環境大臣はそのニュースを新聞で知った。

「杉野大臣、新聞です」

「あぁ、ありがとう……ほう、天野宗助展か」

「えぇ、名品や国宝を一堂に集めるとかでＳＮＳでもテレビでも大きく取り上げられています……あ、そういえば……我々の庁には天野宗助の作品が引き継がれていましたよね、確か……風鈴でしたか？」

「あぁ、そうだ……そうか天野宗助展か、夏ではないし……特別展示で貸してみるか」

「では、連絡を致します」

「頼む……きっと喜ぶだろうなぁ……」

そして時は流れて展示会当日……。
報道、歴史ファン達が殺到し、数多くの人が開館を待つ姿は博物館の敷地外まで列をつくっていた。
《見てください！　今日からの展示にこんなに多くの人が集まっています！　今日の目当ての展示物はあるか並んでいる人に聞いてみましょう！　おはようございます！　天野宗助展で目当ての展示はありますか？》
《はい！　星刀剣三振りの刀見たくて……》
博物館の展示のために集まった多くの人をテレビが報じる。
それだけ期待の大きい展示があるという事でそれを見ていた博物館の館員達は思わず声が零《こぼ》れる

ほど喜びをかみしめた。

「ひえええ……!!　すごい人だぁ……!!」

「これはすごいな、ゲームの影響もあるんだろうが……ご年配も大勢いるぞ」

「そりゃあ天野宗助の作品は大河ドラマでもよく出るもの……それを生で見れるなんて知ったら、一度は見たいと思うわよ」

「私だって館員だから事前に見せてもらったけど興奮したからねぇ……中々無いチャンスだから皆見に来るよ」

　この展示のために博物館はすべての天野宗助の作品を所蔵する博物館、個人で所有する家に電話をし交渉を重ね、一部を除いた作品が博物館に集まった。

　また、展示の事を知った一部の所有者から貸し出しでの展示希望を頂いたこともあり、数多くの作品を展示することが出来たのである。

　そして、博物館の広報課は話題を集めるため有名ゲームにて天野宗助を演じた声優による音声案内や、作品を擬人化したキャラが描かれた看板やクリアファイルの配布などを宣伝したりした。

　その結果、話題を呼び多くの人が集まったのである。

「広報が頑張ったから女の人もおおいけど……やっぱり天野宗助の作品ですもの、報道も歴史好きも集まるわよねぇ……」

「そりゃあそうだろう、あの天下人・月ヶ原義晴を虜《とりこ》にした作品達だ……それに海外からわざわざ予約している人もいるんだぞ、とんでもない人気だよ」

「……まぁ、すごい数の予約があるわ……特にオランダから」

予約チケット、団体予約の表を見た館員の女性は様々な国からの予約に目を丸くしながらもオランダからの予約の多さについ数を数える。

それを後ろから見た男はその多さに納得するように笑った。

「向こうでは『神が遣わした鍛冶職人』として有名だしなぁ……なにより『海導の首飾り』が今回特別に展示される、あのアラン提督の一番の宝だからな………今回、よくオランダ政府から展示許可貰えたもんだ」

「それは向こうの方々が天野宗助の大型展示だっていうと喜んで貸し出し許可をくれたんだ……まぁ、簡単に貸し出しはまずいから色々出来る範囲での厳しい条件付けて、だけどね……」

オランダのある有名な提督が所持する首飾り、それが天野宗助作であることを日本が知ったのは実は近年の事であった。

天野宗助の作品、関連の品、生涯等を展示した博物館にオランダからの観光客が押し寄せるようにやってきただけでなく、学校の団体予約が毎年入ることからあるテレビ局が調べ、オランダで有名な提督と天野宗助の繋がりが明らかとなったのだ。

「条件の中にオランダ王族と首相がこの展示を必ず見れるように手配する事も含まれてるし……本当に向こうでも有名で好かれている偉人だよ、天野宗助殿は」

「……天皇陛下もご覧になる予定、なのよねぇ」

「当たり前だろ、写しとはいえ、御物の刀である〝金獅子〟を展示するのだから」

「……まぁ、帝ともご関係あったし、陛下でなくても見たいよな」

第一〇七代天皇　聖宋《せいそう》天皇の手記から天野宗助との親交があったことが判明し、一時期歴史研究家、歴史好きの中で話題になり、大河ドラマでもよく彼との繋がりを利用したいという悪いやつが出るほどに有名になった。

一部では彼は影武者であったのでは？　実は没落した血族では？　一説では実は帝の血筋だったのでは等、多くの推測も立てられるが未だ正確なことは判明していない。

しかし、両者は大変良好な仲であったことから今も子孫同士の交友は続いている。

「こらこら、お客さんの多さにびっくりしてないで配置について……開館の時間だよ」

「「「はい！」」」

慌てて配置へと急ぎ駆けていく館員達を、声をかけた館長が見送る。

見送ったあと、マスコミへの対応のため入口に向かいながら窓から見える展示を見ようと殺到する人達を見て感慨深げに息を一つついた。

「……昔も今も、天野宗助の作品は人を惹きつけ、魅了するんだねぇ」

展示室を通り抜けた館長が立ち去った後、展示品達がカタカタと動いたことは、誰も知らない。

序章　戦国時代へ

俺は天野宗助。男、三十六歳、独身。

ごく一般のサラリーマンであり、趣味はたくさんあるが……今のところ資格を取るのが一番の趣味だな。

俺を一言で言うなら平凡だ。どこがと言われれば全部だ。今までも大きな事件もなく就職、仕事も普通のどこにでもいるサラリーマ「嘘つけ!!　お前みたいなサラリーマンいるか!!」

おい中学の頃からの友人で同僚の田中、人の自己紹介の間に入るな、というかなぜ俺の心の中の自己紹介を聞いている。

「俺の説明ありがとう!!　いや声に出してたし、どこが平凡だ！　お前一般人どころか逸脱した人、所謂逸般人って呼ばれる男だよ」

「いやいや田中こそ何を言っているんだ、容姿は普通、業績も性格も普通な俺のどこにそんな要素があるんだ？」

「どこに材料さえあれば数週間で家を造れるサラリーマンがいるんだよ!!　大工の棟梁《とうりょう》のおっさんにサラリーマンなんて勿体ないって本気で泣かれていたのを知っているからな!?　しかもお前刀とかガラスや茶器とか作れるんだろ!?　どこが平凡だ！　意味を辞書で調べて来い!!　お前は持ち物

なしで無人島でサバイバルも可能なハイスペック人間だろうが!!」

「流石にナイフは欲しい」

「例えだよ！　本気にするな!!」

なんだいきなり失礼な奴め、まあ確かに普通の人に比べれば出来ることが変に多い人間であろう。

俺は先ほど言ったが資格を取るのが趣味だ、趣味程度のものから国家資格まで手を出している。

どのような資格かについては家を建てられたり船を動かせたりできる資格を持っているぐらいの認識でいいと思う。

なぜこんなにできるようになったか、それは俺の幼少時代にまで遡《さかのぼ》ることになる。

何？　そこまでは聞いていない？　だが語ろう、語ったほうが話が分かりやすいからな。


それは俺が小学校に入る前のことだった。ほかのことは曖昧だがそのことはよく覚えている、何せ己の夢を決めたのだからな。

俺の入学祝いに親戚一同が集まり宴会を開いていた時のことだった。当時俺が親戚の中で一番慕っていたのが叔父だった。

優しく、人に好かれ、穏やかな性格の持ち主であった叔父を当時の俺は大人の見本として見ていたし、傍にいてとても居心地のいい人物であったからだ。

その日も叔父の隣で話をしながら楽しく食事をしていた。

その際に叔父は俺に夢はあるかと聞いたのだ。当時なりたいものが多すぎて決められない俺に叔父はお酒が入っていたこともあるがこう言った。

「まあどうせ若い時の夢なんて叶わないもんさ、夢を見るなら老後のセカンドライフに夢をみるね」

勿論俺は何故かと聞いた、子供はなぜと聞くものだし何よりあの叔父が夢も希望も無いことを言ったのだから。

叔父がいつも俺に向ける顔は優しく、酒が入っているのかふにゃりとした笑顔でこう返した。

「若い頃の夢が叶うなら叔父さん社長になってた、でも課長で止まっているだろう？　なにより若い時の短い時間で夢を叶えるより、老後を夢見て準備したほうが確実だもん。お金も準備できるし、老い先短いと多少のことでも反対されないし、夢を見るならセカンドライフってな!!」

俺はこのとき衝撃を受けた。実は親戚の中でも優秀で仕事もうまくいっているのが叔父だったのだ。有名大企業で働き、部下に慕われ、友人にも恵まれていた人生順風満帆な叔父のこの発言が今の俺の始まりだった。

勿論話を聞いていた親戚達は叔父を批難していた。特に父は叔父を殴って怒っていた。

「子供になんてこと言うんだ!!　宗助、あいつの言ったことは気にするな、あいつ最近仕事で失敗してへこんでるだけだからな！　大人になるのは悪いことじゃないんだぞ!?　な!?」

その後は叔父の発言による衝撃に固まり呆然としていた俺を父が激しく揺すり、母が泣きながら夢を見るのはいいものだと必死に説いて、四つ年が上の姉は焦点の合っていない俺に危機感を覚えて背中を摩《さす》りながら声をかけていたらしい。

翌日、酒が抜けた叔父は謝罪してきた。が、しっかりとあの発言は俺に影響を与えており、その日から俺は老後のセカンドライフに何をするか考えた。

そして、土地や預金のやりくりはともかく、老後に様々なものを作りたいと親に頼みこんでいろいろな経験をさせてもらった俺は、中学に入るころには家庭科・工作は職人レベルのものとなっていた（姉曰くであるが）。


中学にて資格の存在を知ったが、親に様々な体験のためお金を使わせているのに資格取得にまで払わせるわけにはいかないと高校からバイトをしながら資格取得のためのお金を稼いでいたが、バイト先も運搬の仕事からアクセサリーのデザインまで幅広くやっていたな。

その当時激務だったがまだ若かったからなぁ、なんとか体は耐えていたが今は無理だろう。

今思えばアクセサリー店の店長は俺にアクセサリーのデザインを好きに描かせてくれた。作るのはまだ早いと言われて出来なかったが、是非ともうちに来てほしいと言われていたな、申し訳ないことをしたもんだ……。


「まぁ、普通だろ。若者が夢に向かって突っ走るのと同じ同じ」

「同じ同じじゃねぇよ！　部署が違うがお前がこの会社にいたのを見つけた時の俺がどんなに驚いたか……!!　絶対に職人になるんだと思ってたからな!!　しかも就職のときも老後のこと言ってたそうじゃねぇか!!　高橋専務が笑ってたらしいからいいが……、まぁ、逆に気に入られたか」

田中の言う高橋専務は俺の直属の上司に当たる営業課の専務であり、俺を採用してくれた人だ。

俺を可愛がってくれて、趣味に関してよく話す仲である。

「高橋専務は俺の老後計画仲間でもあるぞ、奥さんと老後は田舎でカフェを営む計画を立てているんだ。奥さんも大喜びで賛成してるぞ。ずっと夢だったそうだしな」

「高橋専務……」

田中には言わないが高橋専務夫妻の老後の計画はばっちり立て終わり、今実現に動き出しているのだ。

店と住居に畑、資産など、俺と釣り友の税理士や同じくハイキング仲間な建築家に依頼をしているから、俺のサポートもいらないほどことが進んでいるしな。

ちなみに専務は還暦退社の予定であり、専務から老後の予定の話を聞いた社長も老後の計画を立て始めて、俺に相談に来ていたのは田中には内緒だ。

「あ、そうだ田中、昼は外でいいか？　姉と甥っ子が近くまで来ていてな、昼をともに食べようと誘われていているんだ」

「お、いいぞ！　俺も久しぶりに空太君に会いたい」

田中は子供に大らかで爽やかな性格で好かれやすいから、甥っ子の空太も田中によく懐いている。

昼休憩の時間になりすぐに会社を出ると姉と甥っ子がいた。

「叔父さぁぁん!! 田中ぁぁぁぁ!!」

「おい、呼び捨てやめろ! さんをつけろ!!」

田中を呼び捨てにしているのが空太。五歳だ。呼びやすいので田中と呼び捨てで呼んでいるらしい。

空太の後ろにいる少し派手なワンピースを着た女性が姉だ。

「田中諦めろ。姉さん久しぶり、元気そうで何よりだ」

「宗助は相変わらず社畜ねぇ……、あんた本当にカウンセリング来なさいってば、弟だから金取らないでやってあげるから」

「俺は普通だよ。社畜って深夜残業当たり前、休日勤務、会社のために命かける人でしょ? 俺そこまで魂売る気はないよ。俺、老後のために働いてるだけだし」

「それ社畜というよりブラック企業よ。いいから来なさい。ちょっとはあんたの考え変わるかもしれないし」

姉は心理カウンセラーだ。今は店を持ち、様々な職業相手のカウンセリングを行っている。

姉の職業がカウンセラーになった原因は俺らしく、あんたみたいなのを減らすのが私の使命よ! と高校生になったばかりの姉は俺に宣言していた。

その時俺の手にはいつか自作したいと溶鉱炉の資料があったのも原因かもしれない。

「店はどこにするか決まったの? まだなら俺の行きつけのイタリアンに案内するよ」

「あら、イタリアンなんておしゃれな店知ってるのね」

「老後のためにそこの店の手作りのピザと石窯の工夫について観察と話をしていたら店主と仲良くなって……痛い!!」

「あんたはどこでも老後の計画に話を持っていくのはやめなさい!!」

イタリアンでパスタを食べて二人を会社近くのバス停まで送ろうと歩いていた。

お腹一杯でご機嫌な空太はうろちょろと走るので姉と俺が手を引いたりして注意はしていたが、子供は元気なもので手を振りほどいてまた走り出す。

一応自転車や、周りに注意はしているようなので大丈夫だろう。

「今日はありがと、おいしい店だったわ」

「あんないい店があったなんてなぁ、また食べに行きてぇや」

「それはよかった」

「そうね、また食べに行きたいな、今度はあんたの嫁さんと一緒に」

姉の言葉に俺は顔をしかめてしまうが仕方のないことだ。

俺は今まで恋人などいたこともない。望み薄なのだから。

「ったく、資格とか家とかはすぐに造ったり取ったりできる癖に彼女は全然出来ないんだもの……」

「その言葉、田中にも言ってくれ」

「なんでだよ!」

楽しく話しながらもうすぐバス停に着くところで周りがやけに騒がしいのに気付いた。後ろを振り向けばトラックが迫っていたのだ。

周りは逃げろと言っていたのだ。田中に姉を頼むと空太を捕まえて近くにいた大学生くらいのカップルに投げ渡した。

なぜ空太を投げ渡したのかはわからない。もしかしたらこのままでは二人とも轢《ひ》かれると感じていたのかもしれない。

「おじさぁぁぁぁぁぁぁん！！！！！」

「宗助ぇぇぇぇぇぇぇぇ！！！」

二人の声が聞こえた瞬間、体に衝撃がきて、視界が高くなるのがわかった。

どうやらトラックにはねられて空を舞ったらしい。意外なことだが人間危なくなると客観的になるのだろうか？

地面に体が戻ると涙で顔がくしゃくしゃになった姉が俺を上に向かせて何か話しかけているが聞こえない。耳をやられたらしい。

視界の下の方で怒鳴っているのだろうか、大きく口を開けて必死の形相の田中が俺の腹であろう箇所を着ていたスーツで押さえているのが見える。そうかそこに傷があるのか、痛みなどわからないから何も感じないなぁ……。

空太は無事かと目で捜せば先ほど渡したカップルが顔を真っ青にさせながらも泣きじゃくる空太に話しかけている。どうやら守ってくれたようだ。

「よかった」

そう思えば一気に力が抜け、目が重くなる。

姉が頬を叩いて首を横に振っているのが見えたが……だめだ、目を開けられない。

そうか、これが死か。

◇

死を感じて、これから閻魔《えんま》大王に会うのだろうか。悪いことはしてないから地獄にはいかないと思うがボランティアとかしてないし天国確定とも言えないな。

そう思っていた俺の頬をさわさわと何かが触れる。いや頬だけじゃない手や足にもさわさわとした何かが触れるのを感じて俺は飛び起きた。

飛び起きるとそこは木々に囲まれた湖だった。ふさふさと生える草の上にいた俺はさわさわの正体は草であると分かった。風で揺れていたようである。

「ここは……天国か？　地獄にしては綺麗だしな……」

俺は立ち上がり場所を確かめるために辺りを散策することにした。

どこかの山の中だろうか……まさか死体遺棄か？　いや、俺は死体ではないので違うか。それにトラックでの事故で、人通りのあるオフィス街で死んだのだから多くの人目がある中でこっそり死体を運び出すなんて無理だろう。

なんとか広い道を見つけて山の外に出ると、そこは田んぼだらけの場所だった。

どこの田舎に俺はいるんだ。ここは何県だと一人で考えていると、とても大きい牛を引いたこれまたえらく背のでかいお爺さんがやってきた。

「あんれ、お前さん変な恰好……血が出てるじゃねぇべか⁉　大丈夫か⁉」

昔の農民の衣装と笠をかぶったお爺さんは俺の服を見て目を飛び出さんとばかりに驚いていた。

よくみると、シャツの腹の部分が血に染まっている。おそらくあのトラックでの怪我だ。

牛も俺の血の臭いに目を心配そうにして俺を見ている、優しい牛さんなようだ。

「あ、いやお爺さん俺聞きたいことが」「話は後だぁ‼　すぐ来るべ‼」

お爺さんに手を引かれて連れて来られたのはまた、戦国時代の農民が住んでいそうな集落……。

お爺さんと共にいる俺に気づき集落の人間が顔を家からのぞかせたり、爺さんに並んで歩き話をしている。

「およだの爺さんその子どうしただ、って血が出てるでねぇか⁉　おおい‼　怪我人だ！　薬師の爺さん呼んできてくれぇ‼」

遠くからわかったと返事が聞こえる。いや待て、俺は今どういう状況だ？　映画の撮影現場に来てるのか？　偶然迷い込んだのか⁉

というか此処の人も身長デカイな。俺は一応は一八〇はあったが、その俺の目線が腰くらいの高さだぞ⁉

「変な格好じゃが……どうした？　追剥《おいはぎ》にやられたか？」

「いや、その気づいたら山にいて……」

「山賊にやられたか‼　こんな子供を襲いおって‼　なんて奴らだ‼」

ん？　子供？　周りの爺さんや婆さん達は俺を囲んで頭や背を撫でているが撫で方がかなり優しい。

「可哀想に……まだ太郎くらいの子供だべ……」

「大丈夫か？　怖かっただろうなぁ……」

「親はどうした？　まさか……山賊に」

「おやめなさいよ！　この子の前で言うのは‼」

ちょっと待て、なにを言ってるんだ？　俺は三十路をとうに過ぎたおっさんだぞ？

子供になんて見える訳……丁度歩く先に池があるから確認しよう。

だが現実は残酷だった。覗き込んだ池に映ってるのは、爺さんに手を引かれている八歳くらいの子供だった。

村人が先ほどから言っている子供は俺だったのだ。


爺さんの家に連れて来られた俺は奥さんのお婆さんに手当てを受けていた。

「可哀想にねぇ……こんな小さな子が山賊に、よく逃げて来られたねぇ……」

「ほら新しい着替えだべ、こんなに細く傷だらけで……頑張って逃げたんだなぁ……」

「およだの爺さん、この子どうするべ？　村には子供は少ねぇが置いてやれる家なんて……」

そりゃそうだ、どう見ても貧困な集落っぽいし……見ず知らずの子供を置くのは難しいだろう、
ここが何県か聞いて集落を出よう。国道に出れば警察、まではいける……が周りの服装や建物からして嫌な予感がする。

「大丈夫です。此処の場所が分かれば集落を出ますので問題はな、いっ⁉」

「田吾作！　お前はなんてことを‼　こんな小さい子に出てけなんて……‼」

「そうじゃぞ‼　怪我も治ってない子供に……‼　しかもこの子に言わせるなど……！！」

お婆さんが俺を抱きしめて少し苦しい。お婆さんの腕の中から様子を見るとおそらく田吾作であろう人物が顔を青くさせており、爺さんが逆に顔を真っ赤にしている。

しかも家の中を覗いていた村人や薬をくれた爺さんも田吾作を睨んでいる。

俺は出ていくと意思を伝えたが、お婆さんが反対しただけではなく外から様子を見ていたおばちゃんやお姉さんまでも俺に詰め寄り反対だと告げる。

先程医者を連れてこいと言った男が田吾作の胸倉を掴んでおり、周りの男衆がそれを止めている。

どうしよう、俺のせいでこんなことに……。

俺は最悪子供の姿であることを利用して、泣いてでもこの騒ぎを止めねばと考えていると家の戸から今までの村人とは違い風格のある体格のいい男が入ってきたのが見え、また騒ぎが大きくなるのではと不安を過らせたが、その不安はすぐに消えた。

なぜならばその男はこの騒ぎに目を向けると。

「静まれぇぇぇぇい！！！」

と一喝してこの場を静めたのだ。

「村長……」

「話は聞いたが田吾作、よそ者とはいえ怪我をした子供じゃ、いらぬ心配をするな。坊主騒がせてすまなかったのう。話は聞いた。怪我が治るまで儂のところに住みなさい」

村長は異議は許さぬと俺を見つめていたので俺は頷いた。

すると村長は俺を抱き上げて、家を出た。村長の家に向かうらしく、ぞろぞろと村人たちがついてくる。

「そういえば名前を聞いとらんかったな。儂は虎八須じゃ」

「天野……天野宗助」

「！　苗字持ちか……事情は分からぬがよく来たな宗助。この村が今からお前の住む村だ」

虎八須さんは村の中では高い丘の上の家に住んでいて家から村を見渡せる。いい家に住んでいるようだ。

「さっき場所がわからないと言っていたな、ここは清条の国じゃ、領主様は月ヶ原様じゃよ」

「清条………？　月ヶ原？」

「なんじゃ知らぬのか？　月ヶ原様を知らぬとは随分遠くから来たんじゃのう…………月ヶ原様はいつか天下を取られる立派なお方じゃよ」

ちょっと待て。清条とはどこだ？　月ヶ原って誰だ？　天下を取ったのは豊臣だろう？

そもそもここはやはり時代が違うのか、天下を……ということは恐らくは戦国時代の最中だろう。

ということは、俺は過去の戦国時代……しかも、俺の知る歴史とは違う別世界……所謂パラレルワールドの戦国時代に来てしまったのか⁉

第一章　戦国一の職人誕生の始まり

パラレルワールドの戦国時代にやってきて早五年の月日が経った……。

ここでの年齢が十三歳となってから俺は村……楚那村から離れた場所に家を建てて暮らしている。

最初は怪我が治るまでの約束であったため、怪我が治りすぐに村を出て行こうとすると、村長の虎八須さんが止めた。

迷惑をこれ以上かけたくはないという俺に、何も知らない子供を放り出す村など滅んじまえと村長としては大変過激な発言をして、元服……戦国時代での成人と認められる十三の年になるまでは許可しないと言われ、村長に逆らえず言うことを聞いて十三の歳になるまで村にいた。

村長だけが村を出ることを止めたのではなく、助けてくれたお爺さんとお婆さん………およだの夫妻が心配して泣きついてきたこともある。村の多くの者も出るには早すぎると止めたことも大きい。

しかし、俺は戦国と聞いてあまりいいイメージが無い。故に俺は山奥にでも家を造って静かに暮らしたいのだ。

群雄割拠《ぐんゆうかっきょ》、弱肉強食……戦に巻き込まれるのは避けたいのが理由でもあるが、何より現代暮らしの俺が戦国の空気になじめないのが大きな理由だ。

とにかく戦に巻き込まれるのは嫌だと伝え、山奥にて暮らすことを虎八須さんに伝えると殴られて反対されたが、どうも俺のことをどこかの領主や大名の息子が戦のせいで家を失い、猶且《なおか》つ山賊に襲われた子供と思っているらしく、戦に巻き込まれたくないという意思だけは伝わった。

翌日には、ここから少し離れているが山の中に廃村になった村があると教えられ、そこに家を建てて住めばいいと提案される。

勿論、俺は虎八須さんの提案に飛びついて、早速その廃村を見に行ったが……。

「荒れてますね」

「敵国にやられたそうじゃ。うちの村は月ヶ原様の一族が来てくれたから生き残ったそうじゃがな……もう数十年も前のことじゃよ」

「……なるほど」

村は、焼け跡と刀等の切り傷の出来た建物が倒れていたりとボロボロ。修理のしがいがある村だった。

「儂が言ったのじゃが本当に此処でいいのか？　元服に間に合うように村のもんも協力するが……」

「材料を準備していただくだけで十分ですよ」

「村のことを手伝いながらじゃぞ？　出来るのか？」

「やらねばならぬのです」

虎八須さんは俺の頭をぐしゃぐしゃに撫でて「分かった」と了承してくれた。

早速、翌日から、村の稲刈りやら薪《まき》割りをしながら家造りを始めた。材料は村の男衆が協力してくれるとのことで、まずいらない木板と墨をもらって設計図を描いた。

古き良き日本の建物をイメージして造るが、村の家と比べるとだいぶ豪華なつくりになってしまう…………。

これは俺のイメージが豪華と言うより村の家が俺のいた時代に比べると貧相なせいもあるが、耐震や衝撃への弱さが怖い。俺はお礼の意味もかねて村の為に建物の建て替えを行うことにした。

設計図を書きながら村の家の建築もとい補強工事も始めると村長に伝え、まずは倉庫を建てて俺が造ろうとしている丈夫な建物を見てもらう。村の男衆は俺の作業を見て覚え、自分の家の建築もとい改築を始めた。

楚那村の家のほとんどは小さいがその分住居にしている土地が広いので家を隣に建て直せるほどで、隣接するように新しい家を造れば荷を移動させたりするだけで特に引っ越しも苦でないのだ。

村人が進んで家を建てるのは皆、丈夫な家で暮らしたいからである。

俺が村の家に必要と思い行うものは二つ。

一つ目、家全体の補強。

倉庫の壁をみた村人が壁、柱や天井の丈夫な家を村に広めて家を丈夫なつくりにする。

これは早くも成功した。村人も丈夫な家は欲しいのですぐに真似をして、多少の危険から身は守れるようになったはずだ。

二つ目、瓦屋根などの防水機能のいい屋根を付ける。

これは俺が建設予定地の畑から粘土を持ってきて薄いタイプの粘土瓦を作製し、村長の家に勝手につけて見せた。

勿論勝手にするなと怒られたが、家の屋根が立派になったので気に入っているらしく、村の連中に自慢していたのを稲刈り仲間で友人のおゆきと太郎から聞いた。

おゆき達に、あれは雨がしっかりしのげて丈夫だと伝えると、すぐに村の者が真似して作り方を聞きに来るし、応用として瓦の向きを考えれば貯水窯の壺へうまく水を流せると伝えればそれも好評だった。

試作で作った際、粘土は村のはずれの地面から拝借して作ったが……意外と広まるのは早かったので、村長から村の畑付近でも作っていいとお許しを得ると、太郎やおゆき、村の女性陣で大量生産に追われる日がしばしば続いたこともある。

だが、これだけでもかなり補強になるので、怪我を治してもらったお礼代わりになるだろうが、まだもう少し改善したいところはあるので、それはおいおいする。

一年半の月日を使い、村全体の建築が終わるころには俺の家の設計も完了しており、とりあえず村の避難場所になれるように当初の計画より少し大きく設計を変更した。

もともとは俺一人で家の建築を行う計画だったので、まずは材料から揃えねばと設計の調整のために建築予定地に行けば、なんと村の者達が木材や屋根などの建築材料を用意してそこで待っていたのだ。

どうも設計図を書いていると知っていた村長が、書き始めの頃の夜から俺の目を盗んでは設計図の内容を盗み書きして、俺に内緒で作らせていたらしい。村の者達も、俺が村のために建築していたことや稲刈りや薪割りを頑張っているからと作ってくれたそうで……。

俺はそれを聞いて泣いた。泣かずにはいられなかった。

村の者達から泣くなと笑われながら、抱き上げられて赤子のようにあやされながらも、俺はその日は声を上げて泣いた。

俺のやったことは無駄ではなかった。自分のためであったが村のためにちゃんとなったのが、それが伝わったことが嬉しかったのだ。

建築を始めると村の者達が色々と生活する上での助言をしてくれ、設計図を修正したり、追加したりしながらも元服の少し前に家は完成した。

その家は村の者達の協力と知恵により、俺が思っていたものよりも素敵な、住み心地の良さそうな家ができたのである。

主な居住区となる大きな本殿は、どこの屋敷かといえるほど立派な玄関だが、足腰の悪いご老人にも優しい低めの段差の階段が隅に設置されている。中は雨が浸水して来ても大丈夫なように床を高くして、居間となる場所には囲炉裏《いろり》と、少し離れた場所に調理場とかまど、裏口がある。

寝床は木の床だが、いずれ畳を作って置く予定なので少し床が低い。

本殿から外れたところには鍛冶場と俺のこだわりのアトリエがある。ここで色々作る予定だ。

村長の伝手で知り合いの鍛冶職人さんにお願いして刀を打つ場所を見学させてもらった。

しかも、炉を作る際の参考として中を見させてもらっただけでなく、その職人さんから頑張れよといくつか炉の材料ももらうことができたので、太郎とおゆきに協力してもらい完成させた。

ガラス細工も出来るように少し手を加えた、俺の自信作な炉だ。

畑は女性達が整備してくれたらしく、すぐに色々植えられる。というよりすでに植えられていた。

何を植えたかと聞けば、稲と俺が食べられると教えた芋である。

おゆきと太郎が毎年、収穫の時は手伝いに来ると約束してくれた。そのときは俺がとっておきの料理を二人にご馳走すると心に決めている。

こうして俺は家を完成させて、日常の必需品を作ってそろえながらも十三になるまで村で過ごした。


その中で村のみんなが少しでも農業をやりやすいようにと農具を作ったり、肥料の改良にも手を出した。

土が硬くなってきたというので備中ぐわを作って渡せば、田起こししやすいと喜ばれ、どうせならとみんなの分を用意してやると、それを聞いた村長に抱き上げられくるくる回されるくらいに喜ばれた。

備中ぐわで皆に褒められて調子に乗った俺は、脱穀に使ってくれと千歯こきも作ってみると試しに使った女性陣が各段に効率がよくなり家事に手を回せる時間が増えたと喜ばれた。

村長から他の村にも教えていいかと聞かれたので別にいいと作り方も教えてしばらくすると、隣村の村長がお礼に来るくらい使い勝手が良かったらしくて、俺の功績だからとお礼の干し大根や人参をいっぱいくれた。

本当は選別しやすいように唐箕《とうみ》も作りたかったが流石に村の人らが使うには大きいし、作るのは難しいのでやめた。今は手を出す気にはなれなかったのもある。

便利ではあるが流石に大型なんだよなぁ。でもいつかは作る。

肥料は昔ながらの草を焼いて作る灰の肥料に小魚の骨を燃やして砕いていれてみたり、牛の糞を乾燥させたものを入れたりするといいと提案をしたのだ。

本当は人の糞尿がいいのだが、そのことを太郎とおゆきに村人に確認をする前に提案として言ってみれば、おゆきが全力で拒否をしたのでこの提案はやめた。牛の糞はいいのかといえば牛はいいらしい。

太郎曰くもしかしたら自分の糞が使われると思うと恥ずかしいのだろうと言われた。乙女心とやらは複雑である。

で、なんやかんやとしながら村を出て一人で家に住み始めても頻繁に山から下りたり、村長やおゆき達が遊びに来たので寂しくはなかった。

だが最近何故か商人や旅人が村に来はじめたらしく、俺は村の者以外とは関わりたくなかったのであまり村に行かず、山に篭《こも》って刀や茶器を作っていた。商人や旅人がいないときはおゆきや太郎が知らせに来てくれるので、その時に山を下りている。

住み始めて分かったが、この山は資源がすごく豊かだった。

砂鉄や鉱石も多く、水は澄んでいる。木々も程よく生い茂るので、動物たちにとっても住み心地がいい。

が、熊や猪の被害がないのは廃村に理由があるらしく、村が焼かれた際の焦げ臭さがまだ近くの木々に移っているせいで、そのにおいが獣を遠ざけているそうだ。

また、この山に隕石が落ちたのも原因らしい。およだの爺さんが幼い頃山に星が落ちたらしいと祖父から聞いたらしく、その衝撃で動物たちが逃げたそうだ。

その落ちた場所を聞いて行ってみると大きなクレーターの中に隕石と思われる大きな石があったので、少し拝借したのは爺さんには内緒にしている。

一つ困ったことと言えば、刀や茶器を作り始めると没頭してしまって話を聞かなくなるので、村の者がよく頭を殴ってくることだ。

なんでも大きい声で呼んでも気づかないので頭を殴る方がすぐ気づくと、太郎とおゆきだけでなく高齢なご老人まで頭を殴る。特に村長の拳が痛くすぐにたんこぶができる。たんこぶが後ろに二つあったときは本当に寝苦しかったものだ。

半年前に刀を集中して作りたいと前もって言っておいたので今は誰も頭を殴らないが、居間におすそ分けの魚が置かれていたりはしていた。

銘切りまで終えたのでそろそろ柄や鞘の準備でもするかと山の中で柄糸の色に良さそうなものを探しており、山奥に足を伸ばす。青もいいが銀も捨てがたい、赤もいいなと頭で色を決めながら歩いていた。

そんな考え事をしながら歩いていたからなのか、俺は足元を全く見ていなかった。

「ぐえ」

「ん？」

よそ見をしていた俺の足元から変な感触と声がした気がする。ゆっくりと歩いていた方を振り向けば……。

「…………」

侍が倒れていた。

「いぃ⁉　大丈夫か⁉」

明らかに俺が踏んでしまったので安否をすぐに確かめるが、息はしている。死んではいない。とどめはさしていないようだ。見たところ若い侍であるが、こんな山奥にいるなど遭難でもしたのだろうか。

歳は先日十五になった俺よりも年上に見え、背もかなり大きくなかなか整った顔をしている。

俺は踏んでしまった詫びもかねて籠を前に移動させると侍を背に担いで山を下り、村まで運びいれれば後は村長達に侍をお願いした。なんかいい布の着物と袴《はかま》を着ていたし、会うと絶対面倒くさ

いだろうしな。なんか村長が叫んでいたが無視して俺は家に帰った。

これでもう会うことはないだろうと心の中で「さらばだ、侍」と別れを告げた。

はずだったのだが……。

「お、遅かったな！　勝手に上がっているぞ」

「…………」

翌日、俺が昼を食べようとアトリエから戻るとその侍は居間に上がり座っていた。

俺は思わず戸を閉め、背を向けて気のせいだと己の頭に暗示をかけてアトリエに足を戻す。

「よし、あの侍は気のせいだ。鞘の装飾を考えよう」

「何をしている、早く入れ」

「ぐえっ」

……俺は気のせいだと思い込もうとしたのに侍の手により家の中に入れられた。侍に首根っこを掴まれた俺はまるで猫のようだ。

いつの間に俺お手製の藁座布団を見つけたのかそこに俺を下ろすと、侍はもう一つ見つけてきて俺の目の前に座る。

「お前が俺を助けてくれたんだってな？　感謝する」

「顔上げてください……、お侍さま」

「ん？　俺を知らぬのか？」

頭を下げる侍に顔を上げてくれと言ったが、侍は俺を見て首をかしげていた。

あ、何かまずいことしたか……？　どっかの偉い人だったかぁ……。知らないとまずいか。なんて誤魔化そう……。

「あー……申し訳ありません。俺は他所から来たものなので、あまり領主様やお侍様の顔を知らぬのです」

「なんと、そうだったか」

嘘はついてない。知らないのは本当だからな。

しかし、ちょいちょい若者と話すような話し方してるなぁ……パラレルワールドであるから文化も少し違うのかもなぁ……。

「まぁ、座って話をしよう!!　お前に色々聞きたいことがあるからな」

此処俺ん家。って今は俺が歳が下だし、地位は農民と同じだしなぁ……。これがきっかけで村の人以外と話すのがもっと嫌になりそう……。

「はぁ……、どのようなことをお尋ねで？」

「まず、お前の名前を聞きたい。お前なんて呼び方はあまり良くないからな」

まぁ確かに。でも俺はお侍さんの名前知らないからね。

「あ、俺は月ヶ原義晴だ。で、お前の名前は？」

「……天野宗助です」

先手を打たれたので名乗り返すと片眉が一瞬ピクリと動いた気がしたが、たぶん気のせいだろう。

ん？　待て……月ヶ原？　月ヶ原ってこの国を治めている領主じゃないか！！！　俺は急いで頭を下げる。

「りょ、領主様でございましたか……！　これはご無礼を致しました……!!」

「よい、顔を上げろ。さて次の質問だ。天野宗助、お前があの村の建物の造り方を教えた者だな？」

「（ビクゥッ！！！）」

いきなり声の圧が変わったので肩がびくりと大きく動く、ゆっくりと顔を上げれば、そこにはまるで獲物を見つけた獅子のような目で俺を見ている月ヶ原様がいた。

その目が嘘は許さない、沈黙は許さないと語っている。俺は背中がぐっしょりと汗で濡れるのを感じながら、なんとか返答した。

「そう、です……」

「……そうか！」

「っ」

鋭い目から一変し、へらりと笑う月ヶ原様に俺は体の力が抜けて思わず床に手をついて足を崩してしまうが、月ヶ原様が俺の両肩を支えた。しかしこれで俺はこの人から距離を空けれなくなってしまったことにすぐに気づいた。

ゆっくりと前を向けばそこには整った顔の月ヶ原様の笑顔があった。女子であれば嬉しいだろうが、今の俺には悪魔の笑顔だ。後ろへ体を動かそうとするとがしりと掴まれてびくともしない。

「最後だが、この刀らを作ったのはお前か？」

「はい、そうです……」

「ほう……よくできているな……試し斬りいいか？」

俺でですか？　と思わず聞かなかった俺を褒めてほしい。

月ヶ原様は俺の返事を待たずに壁に掛けた今まで作ってきた刀の一つ……打刀を持ち出すと調理場においてある薪を宙に投げて刀を振り落とした。

その薪は綺麗に真っ二つに切れている……。よほど腕前がいいのだろう。

月ヶ原様は刀を見てニヤァと、俺にとっては悪い顔をしながらこちらに振り向き歩いてくる。

あぁ、次は俺の番かと覚悟を決めたが、逆にぐしゃぐしゃと頭を撫でられる。何が起きたと目を丸くさせれば月ヶ原様は満足そうに笑っていた。

まるで玩具を見つけた子供のような、いややめようこの状況だと玩具は俺のことだ。

「この刀気に入った！　貰っていいか？」

「あ、はい、どうぞ……」

「うむ！」

しかし素人が作った刀のどこを気に入ったのやら……まぁ命が助かるなら一本くらいいいか。月ヶ原様はそのあと昼を共に食べて、本当に刀を持って帰られた。

……嵐のような人だった。

月ヶ原様が帰られた後、俺はあの人の相手をしたことで変に疲れたので寝ていたが、おゆきと太郎の泣き出す声に飛び起きた。

訳を聞くと月ヶ原様はおゆきと太郎に案内させて俺の家まで来たらしく、戻ってきた月ヶ原様が俺の作った刀を持っていたので二人は俺が斬り殺されたのではと急いで来れば俺が倒れていたので、月ヶ原様を連れてきた己のせいで死んでしまったと泣いていたらしい。

とりあえず二人を泣き止ませた俺は釣った魚を分けてやり、二人を村に帰した。

◇

清条国、楚那村近辺の道にて……。

刀を宗助から貰った月ヶ原義晴は城への帰りの途中に木の陰で休むと、木の根本に黒い影が落ちる。

「三九郎、彼はどうだ？」

「……正体不明にございます。七年前に山賊に襲われたらしく楚那村の村長が保護したとの情報しか出てきません」

「ほう、何処の国の者かはわからない、か」

「さようです」

月ヶ原義晴は忍び……名は三九郎と共に宗助を調べに来ていたのだ。

忍びから報告を聞いた月ヶ原義晴は貰った刀を抜いて製作者である宗助の家を思い出す。

しっかりとした木造の家に、宗助が作った壁にかけられていた刀を。

「木材のみではあるがしっかりとしていた。刀も見たことのない作りのものや面白い刃の刀があったな……ただの武家の落胤《らくいん》が逃げてきたと思ったが何か訳ありか……」

「ほかにも茶器がありました……若、こちらが形を写したものですが……」

「なんだこの妙ちきりんな器は？」

三九郎は宗助が月ヶ原義晴の相手をしている隙にアトリエを調査していた。現物を持っていく訳には行かないため紙に写していたのだが……。

そこに描かれていたものは普通の茶器から義晴が見たこともないものまであった。

ちなみに義晴が見たものはマグカップとワンプレートの皿である。

「この蛇みたいなものがくっついている器はなんだ？　これで何を飲むのか？　こっちは皿か？　変なくぼみがあるぞ」

「ほかにも作りかけの刀にやけに大きい刀と短刀がございました」

「そういえばあの村の娘が今は刀作りに集中していると言っていたな……その二振りという訳か、村の者には嘘を言ってはいない、と……」

三九郎は懐から巻物を取り出すと月ヶ原義晴に渡す。巻物を開けば中には宗助の近辺の関係者と主な一日の行動が書かれていた。

「ふむ。接触しているのは村人のみ……商人や旅人がいない時だけ山から下りて村に来ているな。刀や茶器の材料集めに山を歩いているが、ほとんど山に引き籠っている……と」

「職人は山に入り何かを作りますが、ここまで引き籠ることはしません。調査を続けたいのですが……」

「許す、いや待て、俺が度々行けば何かわかるかもなぁ!!」

「………」

三九郎は絶対に義晴が訓練をさぼる口実であると察し、口実を与えてしまったと内心愚痴りお腹を摩るのであった。

「それに……宗助は面白そうだからなぁ。知識もあり技術もある……三九郎、宗助をこの国から逃がすなよ」

「御意。それにしましてもなぜそのような刀を……その刀は普通の刀に見えますが……」

「普通に見えるが……よく鍔《つば》を見ていろ」

宗助から貰った刀の鍔の中には龍がおり、ぐるりと刀を己の体を使って囲い、尾を咥《くわ》えてしがみついているように見える。中々に凝った作りの鍔である。

月ヶ原義晴は刀を三九郎に構えさせて鍔をぶつけるように斬りかかる。三九郎は長年月ヶ原義晴に仕えた忍び、すぐに主が怪我をしないように体勢を変えた。

「何をなさいますか!?」

「鍔を見ろ」

主人に再度言われ鍔を見た三九郎の目は、信じられないと何度も月ヶ原義晴と鍔に目線を動かす。

月ヶ原義晴は鍔を見て口角が上がるのを抑えられなかった。そして、驚愕し口を開けている三九郎の様子を見てさらにくっくっくっと笑いをこらえきれず口から漏らす。

「どうだ？　面白いだろう？」

「面白いも何もこれはありえないことです!!　鍔の中の龍が動いているではありませんか!!」

そう月ヶ原義晴が刀を欲した理由はこの鍔にあったのだ。

三九郎が見た時の鍔は、尾を咥えて丸まるように刀にしがみつく龍だった。しかし今の鍔の龍は尾から口を離し、今まさに鍔から飛び出さんと構えているような姿勢を取っている。先ほどと姿が違うのだ。

月ヶ原義晴は刀を鞘に納めると鍔を見て笑みを深める。鞘に入ると鍔の龍は先ほどのように丸まり、目を閉ざして眠りについたのだ。まるで興ざめだと言わんばかりに。

「若はこの鍔についていつ……」

「薪で試し斬りした時だ。俺が最初に見た時は目を閉じて眠っていたが薪を切った時に目を開けてこちらを見ていたからな……俺を見極めてるのかと思ったよ」

「信じられません……しかし、目の前で起こったことが何よりの真実……あの者について調べねばならぬことが増えましたな……」

「だからこの国から逃がすなと言っている。こんな面白い刀を作るのだ。他のも見たい」

「(やれやれ若の面白いもの好きが始まったか……また俺の仕事が増えるなぁ……)」

「三九郎、部下に宗助を見張らせて作りかけの刀が出来たら報告しろ。次も見に行くぞ」

「……御意」

鍔を日の光に透かすように見る月ヶ原義晴。

刀を空に掲げて楽しげに笑うその姿は、まるで狩りを楽しむ獅子のようであると三九郎は見張り対象である宗助に心の中で合掌した。

「俺を楽しませろよ、天野宗助」

宗助は知らなかった。組み込み式の鍔失敗したわーと思っていた刀がとんでもない評価を受けてしまっていたことに。

そして少し違うが異世界転移をしていたことにより、変な能力を身に付けていたことに。

第二章　精霊に会える酒　水清酒

俺があの侍こと月ヶ原義晴に刀をやってから十日経った。

あの後、おゆきと太郎から話を聞いた村長が俺の家に飛び込んできて月ヶ原義晴に粗相はしていないか、粗末なものをやってないかと言われた。

普通の刀と言えばどの刀をやったのか分かったのだろう、何とも言えない微妙な顔をされた。

が、お咎めもなく今日も刀作り……ではなく、今日は熟成させていた酒が初めてにしては美味く出来たので、俺は酒好きの村長にもあげようと俺特製の酒瓶に入れて山を下りて村に向かっていた。

ちなみにこの酒の原材料は村の皆がくれた米だ。

去年、俺が教えた新しい農具や改良した肥料で米がいっぱいとれたそうだ。

年貢《ねんぐ》の量を大幅に超えたと村で使ったり保存したりしたが、それでも余ったらしく俺にくれたのだが……俺も畑で同じように育てていたので、贅沢な話だが米は余った。

なので、米が傷む前に自分で食べる分以外は酒の材料に使って酒を造り、去年の秋に熟成させたお酒が完成したのである。

昔酒造工場に見学に行った際の知識を意外にも覚えていたので助かった。

そして、出来た酒は俺が初めて造ったお酒だから自慢をしたい。

村に行けば村の者に迎えられる。おゆきと太郎が俺が来たと聞いたのか走ってくるのが見えた。

二人にもお土産として俺が作った簪《かんざし》とビー玉をやろうと立ち止まれば、なんだか様子がおかしい。

おゆきは村の外を指して、太郎は手で俺を払うように動かしながら必死の形相で何か言っている。

「宗助ちゃん逃げて!!」

「義晴様いるぞ!!」

「げ」

俺は二人の口から出た名前にすぐさま踵を返して村の外に向かって走るが突然黒い忍装束を着た男に行く手を阻まれ、肩に担ぎ上げられる。ひょいっと抱えられただけでなく、俺がじたばたとあがいてもびくともしないので俺は流石にマズイと汗をかいた。

「宗助ちゃん……!!」

「てめぇ、宗助を離せぇ！！！」

太郎が俺を抱える忍者に体当たりを仕掛けるが、忍者は軽く片手で太郎を受け流して俺を村長の家まで運ぶ。

村の者は、堂々と村の中を歩く忍者に驚くが俺が担ぎ上げられていることに驚き、中にはわざわざ鍬《くわ》を持ち出して俺をどうする気だと聞く男もいたが、他の者に押さえられている。よく見たら田吾作じゃねぇか、あいつまた胸倉を掴まれてるぞ。

「おとなしくしとけ、悪いようにはしない……たぶん」

「忍者のお兄さん、今多分って言ったな？」

「気のせい気のせい」

暴れても敵う気がしないのでおとなしくしてたが、嫌がらせにドナドナ（戦国Ｖｅｒ）を歌ってた。

子牛を子供に変えたりとこの時代でも通じる言葉に替え歌したこのドナドナ（戦国Ｖｅｒ）は大変この状況に似合っていたと我ながら思う。

「あぁぁぁぁ！！！　宗助ちゃぁぁぁぁん！！！」

「宗助ちゃんが……!!　宗助ちゃぁぁぁぁん……！！！」

「売らせねぇ!!　宗助ちゃんは売らせねぇぞ！！！」

「いやぁぁぁ……！！！　宗助ちゃぁぁぁん……！！！」

ただ村の婆さん達が誤解した。

村の婆さん達が泣き出してしまい、俺がこの忍者に売られると勘違いしてしまったので歌うのは忍者に禁止された。

「本当にやめろ、婆さんの一人が鎌持ってたじゃねぇか……!!　しかもついてきてるのも誤解したぞ」

それはお留の婆さんだ。鎌を片手にキェェェェェと声を出しながら突っ込んできた時は俺も驚いた。

そこは反省している。後ろでおゆきや太郎も勘違いして泣いているしな。

太郎はもう泣き止め、お前は男とか大人とか以前に背が大きいから変に目立つ。

その時、この騒ぎに気付いたのか村長の家から男が出てきて忍者に声をかけたが、その人物は俺からすると今、すごーく会いたくない男だったので、思わず顔がひきつる。

「三九郎連れてき……お前村の奴泣かすなよ」

あぁ、やっぱりこの人だったよ……。

やっぱりこの人の忍者だったよ。

「オヒサシブリデス月ヶ原サマ……」

「おう、なんか話し方おかしいが、まぁいいだろう」

村長の家から出てきた月ヶ原義晴は俺を見てあの悪魔の笑顔を作る。（俺にとってはだけどな）

忍者は俺を下ろすと月ヶ原義晴の傍に控えた。それを確認すると月ヶ原義晴は俺に近寄った。

「お前から貰った刀は父上も気に入るほど素晴らしかったぞ」

「はぁ、ありがとうございます」

「して、その酒瓶はなんだ？　昼間から酒か？」

あ、目ざとく酒瓶に気づきやがった。目を輝かせているがこれは村長にやるものだ、渡すわけにはいかない……が、変に誤魔化すと後が怖い気がするので正直に言おう。

「これは私が造った酒です。初めて造ったものですが美味く出来たので村長におすそ分けにきました」

「ほう、作るのは刀だけではないのか」

「いろいろ作っております……あの、この酒は美味く出来ましたがまだ改良中ですので……」

「ふむ、しかし美味く出来たのだろう？」

「そうですが……まだ舌ざわりとか、後味が……」

「美味いのだろう？」

「……はい」


俺が観念した声を出せば村長がすぐに察して家から小さい杯（俺作）を出してきてくれたので酒瓶の中の酒を注ぐと、その酒を月ヶ原義晴と忍者は食い入るように見つめている……失敬な、毒なんざ入れてねぇよ。


「なんと……（なんて透明な酒だ……こんなに美しい酒は見たことがない）」

「これは……（香りも素晴らしい……飲んではならぬ、耐えねばならぬのは分かっているが……恐ろしい酒だ……!!）」


……あともう少し濁りを落としたいなぁ。香りはいいけど果実も少し入れて甘くしたい。

俺は強いのは飲めるけど味は甘いのが好きだからなぁ……甘くて弱めのお酒なら、おゆきやおよだの婆さんでも飲めるだろうし。

しかし、何を震えてるんだこの二人は。毒は入ってないってのに。

杯を持つ手がプルプルしてるぞ、このままじゃ零れそうだなぁ……。仕方ない。

「あの、早くお飲みにならないと零れます……」

「！　あぁ！　そうだな！　ではいただくぞ……!!」

グイッと一気に飲んだ月ヶ原義晴は目をカッと開いて動かなくなった。

目の焦点も合っておらず遠くを見ている。

忍者の男が肩を揺するが動かない。そしてこちらを睨み苦無《くない》を構える。主君に何かあったらそうなるのは家臣であれば正常な判断だが……だけどな！　俺は毒は入れてねぇぞ！！

「ここは……どこだ……？」

義晴は宗助の酒を飲んだと思ったら何故か泉の前にいた。

どこかの山の中であろう泉は澄んでいて美しく木々が泉の周りを守るように囲んで生えている。


「そうだ俺は天野宗助の酒を飲んで……ん？」

〈クスクス……〉


クスクスと笑う声に義晴は耳を澄ませば、泉の縁に美しい女が座って彼を見ていた。

水を思わせる水色の美しい長い髪と瞳、白魚のような美しい手足、しかし手足の鰭《ひれ》は女が人間では無いことが分かる。

「お前は妖怪、いや、泉の精霊なのか……？」

〈クスクス……〉

泉の精霊は口に手を添えて上品に笑うと義晴の腰を指さした。

そこにあるのは宗助から貰った刀。名を「刃龍」と名付けた刀があった。

義晴が刀を腰から抜けば刃龍はカタカタと動く、泉の精霊はその音に笑みを深めて美しく微笑んだ。

〈にいさま……〉

「え？」

泉の精霊はスゥッと消えると刃龍の前に同じように姿を現して鍔に細く美しい手を滑らせた。

まるで再会を喜ぶように優しく、愛おしむように。

〈ととさまによろしく……つばのりゅう、にいさま〉

《カタカタカタ……》

別れを惜しむように話す泉の精霊と音を鳴らす刃龍。

義晴はようやくわかった。このもの達は天野宗助の手に作られた全く種類が違う兄妹であると、刀の兄と酒の妹であると。

泉の精霊は別れの挨拶が済んだのだろう、刃龍から顔を上げて義晴の頬に両手を添える。

〈にいさまと、ととさまを……おねがい〉

その声と共に霧が義晴を包み目の前から泉の精霊が消える。

〈どうか、わたしたちの、だいすきなととさまと……なかよく、ね〉


俺が毒を仕込んだのではと忍者が俺の上に乗り、首に苦無を突き立てようとする。

だれが村長にやる酒に毒なんかいれるか!!　と言いたくても喉を押さえられているため声が出せない。

ここで終わりかと目を瞑れば俺の上から鈍い音がして重みが消えて、村長の呼ぶ声が聞こえる。

「三九郎!!　何をしているか!!」

「若!!　正気に戻られたのですか!!」

「何をしていると聞いている……!!　宗助を殺そうなど……!!!」

村長に起こされた俺の前には月ヶ原義晴、そして離れたところであの忍者が地面に腰を付けて座っている。

どうやら月ヶ原義晴が殴って助けてくれたようだ。

「ですが若!!　あの者は若に毒を……!!」

「毒など入っておらぬわ!!　宗助安心しろお前の酒は大変美味であった、美しい幻を見るほどにな」

彼は何を言ってるんだ？

酒で幻覚など見れんだろう……もしかして酒に弱いのかこの人？

なんて思っているのが分かったのだろうか俺の頭を叩き、ジト目でこちらを見ている。

「今お前、俺の言うことを疑っただろう……？」

「……いいえ」

「おい、その間なんだ……まぁいいか、三九郎とにかくこの酒に毒は入っていない、お前も飲め！　そうすればわかるだろう」

月ヶ原義晴は俺が持ってた酒を忍者に飲ませようとしているが、そんなに美味いのかと思ってしまう。

確かに美味い酒だ、山の水は美味しかったからいい酒だろう。

しかし幻を見るほど美味いかと聞かれるとそうではない。というより幻を見るなんてやっぱり酔っぱらってるのではないかこの人。

俺はそんな失礼なことを考えながら、また明日にでも酒を持ってくるというと目を輝かせて頷く村長に苦笑し、この状況で作りかけの刀をどう装飾しようかと現実逃避をしていた。

その後、造った酒をくれと言われた宗助は村長にやる分をなんとか残してもらうが造った分（樽《たる》二つ分）はほぼ全て月ヶ原義晴に持って行かれたのである。

◇

清条国　月川城　城主の間。

持ち帰った酒を酒瓶に入れて、義晴は父である義虎《ヨシトラ》の前に座っていた。

酒を義虎に渡せば、早速と盃に注ぐ父に思わず義晴は笑みが零れた。

「ふむ、刀だけではなく酒もまた奇妙とは……して味はどうだ？」

「大変美味だったぜ。俺と三九郎が精霊の幻をみるほどの美味さだ」

「精霊の幻とな？　三九郎までもか？」

義晴は見た精霊を思い出す。

この世のものとは思えぬほどの美しい容姿と少々舌足らずな言葉を話す鈴を転がすような声は、義晴が今まで出会った女性の中でも一番と断言出来るほどの美しさであったと。

「まことに美しい精霊にございました。俺は天野宗助が作ったこの「刃龍」を持っていたこともあり、こいつを頼むと言われましたが……三九郎は俺が精霊に会っている間に天野宗助を殺そうとしたので、精霊に親の仇と言わんばかりに頬を強く叩かれたそうです」

「はっはっは……！！　美人は怒らせると恐いからな……ではいただくとするか、っ⁉」

父親が酒を飲んでピクリとも動かなくなったことを確認すると、義晴はもう一度あの酒を飲むが今度は精霊に会えない。

どうやら一度飲むとだめなのかと少し残念そうに肩をすくめる義晴を嘲笑《あざわら》うようにカタカタと音がする。

義晴が刃龍を腰から抜いて鍔を見れば、目を開き笑うように口を開ける龍がいた。

「なんだ？　そう簡単に妹と会えるもんかって笑っているのか？　刃龍、この酒の名は「水清酒」でどうだ？　清冽な水の精霊の酒という意味だ」

《カタカタカタ……！》

「そうか、気に入ったか」

一度上を向いてまた刃龍に目線を戻せば、目を細めて笑うように動く龍……。

そして、美しい泉の精霊に会える酒……。

この世になかったものを作り出す男の姿を思い出し、義晴は口角を上げて盃に入れた酒を一飲みで飲み干す。

「いい酒だ……たった二つ、たった二つでここまでの物とは……さて、次に行く時が楽しみだ」

◇

草木も眠る丑三《うしみ》つ時……。

宗助が寝室で眠る中、アトリエに置かれた作りかけの二振りの大太刀と短刀が月の光を浴びてほんのりと淡く光っていた。

その傍に置いてある、同じように淡く光る「欠けた隕石」と共に。

第三章　星の刀（短刀　星海宗助）

一月前にお酒を義晴様に取られた俺はもう少し美味しくしようと改良しながらもあの作りかけの刀を作り上げた。

季節は今は七月に当たる。夏と秋に冬への蓄えをする準備をしたかったのでいい具合に終わっただろう。

作り終えた刀は短刀と大太刀、鞘は朱と蒼で対になるようにして鍔もよく似ているが、中の模様は鍔を重ねると繋がり、同じ形のものになるようにした。

他にもいろいろと対になるようにしてあるが細かく言っても皆さんもどこの部分がどうなっているとか興味ないと思われるのでここでやめておきます。

この二振りはお互いが対になっている刀であると分かっていただければ俺は満足です。

そして、このことを村長とおゆき、太郎に伝えると何故か村の者が全員で見に来た。

どうも俺がこんなに時間をかけているのも珍しく、どんなすごい刀なのかと見に来たらしい。が、残念だが普通の刀だ。

「また、とんでもないの作ったんじゃのう……」

「宗助、なんかこの刀の刃が光ってるぞ」

「綺麗……お星さまみたい……」

……まぁ珍しいと言えば隕石を使ったことぐらいだろう。

以前に内緒で拝借した隕石を混ぜるのはスカイツリーに隕石で作られた刀が展示されていたことを思い出し、何より面白そうだと作ったが、意外と上手くいった。勿論およだの爺さんに怒られた……まぁ、危険なところに行くなという説教だったのでまだ軽いが。

処理としては柔らかい損鉄を取り除いて石鉄を取り出し、金槌で少しずつ砕いて粉にする。

実はこの作業に時間がかかった、隕石はどうやらギベオン隕石だったようなのだ。

ギベオン隕石の石鉄はダイヤモンドカッターでなければ切断できないほどに硬い。

なのでこの石を砕くのに大半の時間を使った。

砂鉄に砕いた隕石の粉を入れて溶かしながら混ぜる、しかしこの作業にて俺は大きなドジをやらかした。

最初は様子見で短刀の量で作り、次に少し多めに量を増やし脇差を作ろうとしたところ、転んでしまい持っていた砂鉄の中に全部ぶちまけたのだ。

俺は慌てて隕石の粉末を取り出そうとしたが、悲しいことに粉は砂鉄の中に綺麗に広がっていて、回収不可となった。

そうこの事件からあの大太刀が出来たのである。

もう仕方ないと開き直りその時持っていた砂鉄を全部使って、作ったということだ。が、作ったところで大きな問題が出来た。

大きすぎてこの大太刀を振るえないのだ。

「短刀はいいとして、こいつの貰い手を探さないとなぁ……太郎いるか？」

「ごめんよ宗助……確かに俺なら持てるかもしれないけど……俺が使うの槍だから……」

「知ってる、聞いてみただけだ」

太郎は村一番の長身だ。現代で言えば一九〇はあるだろう。力も強いので渡すのもいいかと思ったが太郎は刀よりも狩猟用の槍を好んでいる。

いつか太郎の大きさに合う槍を作ってやろうと考えてはいるがどうせなら特別なものをやりたいものだ。

「仕方ないこの家で飾るか……」

「えっ、こんなにきれいなのに飾るだけなの？」

「宗助……断った俺が言うのもなんだが、もったいないぞ」

大太刀をこのままこの家に置いてやるのもいいが刀として生まれたのならば武士の手に渡って大事に使われてほしいのは俺の親心みたいなものだ。が、こんなに大きい刀を使える奴はそういないだろう。

短刀は村の強いやつに渡してもいいし、村長から商人に渡してもらうのもいい。いや、村長の知り合いに武士がいたからそこにお嫁に出すのもいいかもなぁ。

「……宗助、お前月ヶ原様にこれ言ったんじゃろうな？」

「？　刀を製作中とは言ったぞ」

「違う、出来た事とこの刀に使った《材料》じゃ。言わねばまた来るぞ、義晴様はお前に興味を示しとる。あの鍔の刀も酒も持って行ったのがその証拠じゃ」

村長の言葉に太郎とおゆきも頷く、俺は義晴を変わり者の若と思っているが違うらしい。

俺が知っている月ヶ原義晴はこの清条の国の領主の息子であり次期領主。

見た目十五歳（自称）の俺より三つほど年が上で太郎ほどではないが背も高い、顔はイケメンで村の者にも好かれている。

端からみてもいい人物だろう。珍しい物を集める趣味があるのだろうか俺の作った物を持っていくしな。

「宗助ちゃん……月ヶ原義晴様はね、物に執着はない人よ」

「ん？」

「位とかも気にしないからよく農民に交じって稲刈りとか収穫をしてはいたが、物を欲しがったりすることは無かったそうだ、生まれてから一度もな」

太郎とおゆきが真剣な顔で、どこか表情を強張らせている。

俺は何故かわからないが背筋を冷たい汗が通る。何だか嫌な予感がする。

「義晴様は今まで父君の義虎様から様々なものをもらったが何一つ興味を示さなかったんじゃ。行動は奇抜な事は多かったがの、しかしお前の作ったあの刀を持っておるのを見た時、儂はおどろいたぞ……あの物に執着の無い義晴様が楽しそうに刀を見ていたのだからな」

あの刀……月ヶ原義晴が〝刃龍〟と名付けた刀だ。

だがあの刀は失敗作だ。どこを気にいったのかさっぱりわからない。

何より……。

「楽しそうだなぁ……！　俺も交ぜてくれ」

「「「（ビクゥ！！！）」」」

なぜここにその本人がいるのかが分からない……。仕事はどうした。

……そしてあの忍者もいる。忍者なら忍べよ。

「よう宗助！　刀が出来たと聞いて来たぞ！　早速見せてくれ」

「出来たのは三日ほど前なのですが……」

「ん？　それはお前の作品が楽しみでな、忍びを付けて出来たら知らせるようにしていたのだ」

おい、忍者をそんな私情で使うなよ。隣の忍者……三九郎さんを見ろ、目が死んでるぞ。よく見たら泣いてるじゃねぇか。

村長達はいきなり現れた当の本人に驚いているが……話を聞かれていたかもしれないなぁ……。

とりあえず逃がそう。

「村長、もう日が落ち始めているから村に帰った方がいい。月ヶ原様は「義晴だ」月ヶ原さ「義晴」……義晴様はいかがなされますか？　客室ならありますが布団はいいとは言えませぬ……なので本日はお帰りになったほう「なんだ客室があるのではないか!!　問題ない！　野戦の時は木の下で寝るときがあるからな、硬い床には慣れている!!」……わかりました用意致します」

俺が遠回しに逃げるように言えば村長はすぐに二人を連れて村へ戻った。

急に名前を呼び、名前を呼ばせる義晴様を泊まらせることになったが刀を見せるだけだ。

問題は無いだろうし初めての客人だ、もてなすことを楽しもう。

もてなすことを楽しもうとは言ったが食事の段階で俺はやらかした。

「美味い!!　こんな料理は初めてだ!!　なぁ三九郎!!」

「……このような食感、味は初めてにございます」

そりゃあ二人は揚げ物を初めて食べたんだもの。

そう、俺はやっぱ上の人に振る舞うなら天ぷらだろうと思ったが、卵はこの時代では高級で食べないので野菜の素揚げと白米、味噌汁を用意したのだが二人が食べ始めてから気づいた。

この時代まだ揚げ物がなかった、と。昔見たテレビで徳川の時代で揚げ物は広まったと言っていたのを思い出したのだ。

俺は菜の花を油にして普通に使っていたがこの時代は食品を油で揚げることはない。

油で揚げる際に二人が刀を構えて警戒する姿を見た時に気づくべきだった。

揚げる音が大きかったかと呑気なことを考えていたが、あれは油の音そのものに驚いていたのだと。

「揚げるという方法がこんなに美味いとはな……!! 三九郎、帰ったら早速作らせるぞ！」

「御意、天野殿……よければ油の製造方法を教えていただきたいのですが……」

「三九郎さん、宗助で構いません。えと……後で作り方を書いたものがあるので写されてゆかれますか？」

「感謝する」

流石に油で揚げるのはまずかったかなぁ……。

次は気を付けよう……。

悩む俺を置いて二人はすぐにすべての皿の中身を綺麗に平らげた。

義晴様は満腹になったのか腹を摩っている……それはそうだろう。俺の分の素揚げも食べて、米と味噌汁を三杯もおかわりしたのだから。

三九郎さんは何だか恥ずかしそうに腹を摩る。まだ腹が減っているかと聞けば逆に満杯で忍びとしては食べすぎてしまったと少し反省していたらしい。ちなみに三九郎さんも共に食べていたのは俺が勝手に用意してしまったことで、義晴様に共に食べろと命令されたのだ。

「さて、腹を満たしたのだから早速目的の刀を見せてくれ」

「わかりました。少し時間がかかりますのでお待ちください」

「ん？　分かったぞ」

義晴様が首を傾げるが仕方ないことなのだ、あれを運ぶのに時間がかかるのだから。

アトリエに向かい、出来た短刀と大太刀を持ち出してすぐに居間へ向かう。

そう、馬鹿でかい大太刀を少し引き擦りながら。


宗助がいなくなった居間では義晴と三九郎が座ったままで話していた。

「時間がかかるとはどういうことだ？　刀を持ってくるだけだろう」

「おそらく大きい太刀を運んでいるのではないかと……あれは途中までしか見ておりませんがかなりの大きさでしたから」

「ふむ……しかし、あの揚げた野菜もそうだったが米も味噌汁も美味かったなぁ」

義晴は先ほど食べた夕食を思い出して思わずまた腹を撫でる。

胃は満杯のため食べる気にはなれないが、また食べたいと思っていた。

「しかし益々気に入った、絶対に外には出すなよ。宗助は俺のにする。俺が飼っていると知れればそうそう手を出されんだろうさ」

「……ひどい言い方をされる。素直に他の国にやりたくないと言えばよろしいでしょう」

義晴は鼻を鳴らして笑うと刃龍を腰から外して鍔を見る。

鍔の龍は目を開き義晴を見ていた。しかし、その手は今まで触れなかった中心……刀身に手をかざしている。

「そう警戒するな刃龍、お主の父親には手を出さぬよ、だが宗助を外の奴等が狙うのは確かだろうなぁ……守るためにここに宗助を縛り付けねばならない……そのためには……」

カタカタと動く刃龍は鍔だけではなくガチャガチャと刀自体を動かした。鍔の龍の目は鋭く睨みつけて中心の刀身を握っている。

まるで手を出すなと牽制《けんせい》するように。

「大丈夫だって、この山から出にくくしてやろうと思ったが、すでにここに引き籠っているからなぁ……宗助は絶対に俺専属の職人にすると嫌がるだろうし……どうすればいいのか実のところ俺はまだ考えてないのさ」

「……父親思いの子供のようで」

「娘も父親が好きみたいだからな、おそらく今運んでいるのも……って、あいつ遅いな」

義晴が刃龍を手にしたまま立ち上がり、三九郎が居間から出ようとすると奇妙な音に気づき二人は止まる。

ズリズリと引き擦る音に宗助が来たかと思えば大きな音と共に倒れる音がした。その際に聞いた小さな宗助のうめき声に二人は居間を飛び出した。

「宗助!?」

二人が居間から出れば……そこには大きな刀に潰されている宗助の姿があった。

二人は慌てて宗助を救出して居間に入れたのだった。

「いやぁ……面目ない」

「肝を冷やさせるな……にしてもやけにでかい刀だな」

「作った本人が潰されるほどに」

宗助を救出した義晴と三九郎は宗助を潰していた大太刀を見て驚いた。

その大きさもさることながら宗助の持つ短刀と対になる刀装は美しい。

「では見させてもらうぞ」

宗助が返事をする前に義晴は床に置いた大太刀を抜いた。

そして突然掴んでいた柄を思わず手から離すが、三九郎がすぐさま受け止めた。

「ちょ重っ、い……若？」

三九郎は義晴を呼ぶがその目線は大太刀から動かない。彼は何があったのかと大太刀を見て、柄を取り落としそうになるのを耐えた。

義晴が見る先には刀の形をした星があったのだ。

銀色の刀身は美しく、部屋を照らす炎の光に照らされ反射する刃はきらきらと自ら光る星のようであった。

鞘の黒味がかった蒼色がまるで夜の色に以て眩《まばゆ》い星を封じていたかのようである。

「美しい……美しいぞ宗助!!　まるで星を間近で見ているようだ……！」

「そんな大袈裟な……」

「大袈裟ではない!!　俺はこんなに美しい刀を見たことはない!!　是非欲しいぞこの刀……っ!?」

義晴は大太刀を持とうとしたが大太刀の重さに持ち上げようと踏ん張っていた腰を落としてしまう。宗助はそんな義晴を見て首を横に振った。

「残念ですが、義晴様とはいえこいつを持ち上げられないのであれば差し上げることは出来ません……俺はこの大太刀を振るうことができる方にこの大太刀を託します」

「むむむ……持ち上げられぬのであれば仕方ない……今回は諦めるとする、が短刀は貰うぞ。こんなに美しい大太刀の兄弟なのだからな」

宗助の前にあった短刀を掴んで懐に入れてしまう義晴を見た宗助は諦めたように肩を落とす。

その姿を見た三九郎は労わるように背中を撫でたのであった。そして、呆れたような目で持ち主を見る刃龍の姿もあったのである。

三つの呆れた目を気にせず義晴は満足そうに笑うのであった。

その夜、客間に通された義晴は編み込まれた布の敷布団と試作品の畳の枕と麻で編んだ掛布団の寝具で眠っていたが、目に光が入りその眩さに思わず目を覚ます。

が、わずかに覗く障子の戸の隙間から見える景色は暗く月の光が入りこんでいるだけであり義晴は眉を顰める。

「なんだまだ夜か……？」

義晴は寝ぼけていた目ですぐそばに置いてあった短刀を見ると僅かに鞘から抜けて刃が見える。

僅かに見える刃に光が当たり反射した光は何故か義晴にあたりまだら模様の光を作っていた。

その光は義晴の顔や体を照らす。彼を起こしたのはこの光であった。

「刀……？」

それはほんの小さな好奇心だった。この刀を抜いたらこの光はどうなるのだろう。

義晴は好奇心から寝ぼけた目で刀を掴み鞘から抜いた。

その時、義晴の目は完全に覚めた。刀から放たれた眩い光によって。

眩い光に目を眩ませて短刀を離し、仰向けに倒れてしまうがすぐに視界は戻る。

そして視力の戻った目で見えたのは星空だった。

「何っ⁉」

義晴は起き上がり上を見る。

家財や戸板が存在するので部屋の中であると理解するが上を向けばまるで屋根を取り外したかのような満天の星空がそこにはあった。

義晴はゆっくりと先ほど手にした短刀の方へ向けば月の光を受けて美しい光を放っていた。

またゆっくりとした動作で短刀に四つん這いに歩み寄ると先ほどのように顔や体にまばらな光が当たる。

義晴は短刀を鞘に戻したり、出したりを繰り返す。その動きに合わせ天井に星空が消えては現れた。

義晴は確信した、この星空はこの短刀が作り出したものなのだと。

「なんてものを作るのだあいつは……」

月の光を受けることで刃が反射する。その反射された光は天井に当たり星空を作っていたのだ。

「くくく……くはははは……‼」

「若、どうしたので……若？」

「ははははっ……!!　やはり睨んだ通りよ！　この短刀も素晴らしかった!!　宗助が作るものはこの世のものではない！」

義晴が短刀を抜くと天井に星空が現れる。初めて天井の星空をみた三九郎は言葉を失った。

三九郎は星空に魅了されると共に顔が青くなる。それは義晴の顔が楽しげに歪み、目を爛々《らんらん》とさせていたからだ。

「（初めてだ、この方がここまで〝もの〟に感情を露わにするとは……）」

「三九郎決めたぞ。俺は天下を取ったあと、あいつに作らせる」

「……自分の刀をですか？」

「違う!!　自由にだ！　あいつが作りたいものを作らせるのさ、馬鹿げたことと笑われようとそれはこの国の歴史を変える!!　この国に新しい風を吹かせるのだ！　源平合戦の〝鋤奈田藤次《スキナダトウジ》〟のようにな！！！」

〝鋤奈田藤次〟の名に三九郎は思わず顔を強張らせた。

「源氏の武将において最強の名を欲しいままにし、その後御家人へと上り詰めた者……宗助が同等とお考えですか？」

「見よこの星空を！　刀一本で作り出したのだぞ⁉　このような刀を作る男を歴史の陰に埋らせるなど愚かなことよ!!　あいつはこの国に降りてきた《神の国の者》だ！」

「またも鋤奈田藤次の呼び名を使われるのか……しかし、この技術や様々な分野での幅広い知識。確かに素晴らしいものです……彼の畑や楚那村の畑は異常な成長と実りと豊かさがあります。彼の知識があればこの国も豊かにはなるでしょう」

　義晴は短刀を手に立ち上がるとバンッと音をさせて戸板を開く。その顔はやる気に満ち溢れ、爛々と輝いていた。

「刃龍、水清酒、光輝く短刀と大太刀……たったこの四つでここまでの奇跡を起こしたのだぞ? あいつの作品は日ノ本にとどまることは無い!! もし今の時代に評価されずとも、遠くの世には最高の職人として名をはせておるわ! 俺はその作品をすべて見たい! できるならば所持したいのだ!」

「だから彼の作品を欲するのですか?」

「あぁ、だが宗助にも職人の思いがあるのだろう……あの大太刀のようにな……三九郎、あの大太刀に見合う者を探せ」

「作品が行く先まで見たいと……?」

「当たり前だ、宗助の作品をどこの馬の骨に渡すか。三下の大名や武士のもとに渡るなど宝の価値が無くなる」

　三九郎はどこまでも無茶を言うと溜息をつくが、ここまで執着を見せるのも珍しいと感心もしていた。

　宗助の作品によって生まれた主の執着心はこれからも膨らむであろうと。

「そうだ、この刀に名前を付けてやらないとな。そうだな……星の、川、泉、空……なんかいまいちだな」

「最後に宗助の名前を入れては如何でしょう？」

「おぉ、それはいい！　あの名刀と誇り高い三日月宗近も三条宗近の名があるからな！　あとはその前に入れる名だな……そうだ、星の海、《星海宗助》としよう！　早速宗助を叩き起こして銘を」

「やめてあげてください」


三九郎が朝まで待てと説得する中、宗助は……夢の中にいた。

宗助は気が付くと見たことのない少年が目の前で頭を下げていた。

美しい銀髪に赤い着物を着た美しい顔の少年だ。

その少年の後ろには同じ銀髪に紺色の着物を着た大きな体の青年が泣きそうな顔で少年を見ている。

「父上、早くに父上の元を離れることをお許しください。新たな主、月ヶ原義晴公の元で刀としての役目を全う致しまする……まだ名を与えられておらぬ弟よ、兄らしいことをしてやれずに済まない。しかし義晴公は父上の元をよく訪れるようだ、おそらくまた会えるだろう。どうかお前がよき主に出会えることを祈っているぞ」

「兄上……」

「では行って参りまする」

少年はにこりと笑ってもう一度頭を下げた。

「宗助起きろ!!　朝だ！！！」

「若!!」

宗助は布団をひっくり返されて目を覚ました。

布団を持っていた義晴は布団を部屋の隅に投げて短刀を宗助の前に掲げる。

「宗助、早速で悪いが銘を刻んでくれ。この短刀の名は〝星海宗助〟だ」

「星海……」

「まだこいつ寝ぼけておるな、よし頭をはたくか」

「おやめください」

第四章　風鈴　銘無し　友鈴

七月頃の暑い夏……。

まだ現代よりは涼しいが暑い事には変わりがない。

俺は二年前から作りたかったものをようやくこの夏に作ったのだ。

それは風鈴である。

《チリーン……》

ガラス製で高い音が心地良い……。

夏の風物詩と言えばの代物であり、耳から涼しくなる物だ。作る時は大変暑かったが仕方ない……。

「宗助……この音、涼しいなぁ……」

「風が気持ちいいねぇ～」

遊びに来たおゆきと太郎も俺と一緒に縁側で寝転がるが風鈴の音が予想以上に涼しく眠気が来る……。

今日は風も吹いてるから心地も良くて……あ、寝そう……。

俺は眠気で瞼《まぶた》が落ちていくのを認識しながらも、眠気に逆らわずに眠ろうとする。

「ここで寝るには今日の日差しはちと暑くはないか？」

……が突然の声に眠気が吹っ飛んだ。

目を開ければ俺のすぐそば……正確には俺の頭上の位置にしゃがんでこちらを覗き込んでいる義晴様が見える。

「今日は日差しがきついから家の中で寝た方がいいぞ」

そう言って俺の脇に手を入れて、ずりずりと家の中に引きずる義晴様……と三九郎さんもいたのか太郎を同じように……いや、重そうに引きずっていた。おゆきは自分で中に入ったようだ。

《チリーン……》

「お、涼しい音がするな」

「風鈴……？」

やはり気づいた……。まぁ、仕方ない、音がするし……。

俺は体をゆっくりと起こして伸びをしながら風鈴を指す。

「風鈴ですよ、高い音がして涼しくなるような気がするんです」

「いや宗助、なるようなじゃなくて俺は涼しいぞ」

「そうよ宗助ちゃん、私も村より涼しく感じるわ」

「ほう……まぁ、確かに音が涼しいな、しかしびいどろの風鈴は初めて見たぞ」

「そうですね、高い音が体に響きますな……」

義晴様は目を瞑って風鈴の音を聞いている。

とりあえずもう目が覚めたから昼餉《ひるげ》の準備をしよう……。

俺が徹夜で作業に集中しすぎて朝飯を食い忘れたのもあるが眠気が飛んだせいなのか腹が減ったからだ。

俺が厨房に向かうと全員が首を傾げたので朝を食い忘れたと伝えると予想もしないところから説教が飛んできた。義晴様である。

「朝餉《あさげ》を食べてない⁉　何を考えているのだ！　夏はちゃんと食事をしないと体がもたないだろう‼」

「えー……」

「えー、じゃない‼　お前のことだ、物作りに集中しすぎて食えなかったんだろうがちゃんと食え‼」

何だか姉さんを思い出すな……こうやって結婚の事とか普段の食事の事とか口うるさかったっけ

……。

痛ぁ……！！　拳骨された……！

「聞いてるのか宗助……！　ったく、なんか作るなら俺にもくれ、怒鳴って腹が空き始めた……」

「あ、はい」

またか……と言っても逆らえないし、昼餉として出せそうなのなんかあったかなぁ……。

義晴様はまた居間に上がるとどかりと座り込んでこちらを見ていた。どうやら俺の朝餉兼昼餉作りを見学、いや、この状況だと見張ってるようだ。

なんかおゆきたちと話してるけど聞こえないな……。まぁ、どうせ俺の昼餉について聞いてるんだろうが……。

「おい、宗助はいつもこうなのか？　俺が前に来たときはちゃんと食事をしていたようだから知らなかったが……」

「……宗助ちゃんは村に来た時からこうでした。稲刈りの手伝いも私と太郎が止めないといつまでも続けようとするのです」

「あいつは自分の癖に気づいておりません……。何か思いついたり、やることが出来ればやり続ける癖があるようで……、俺、いえ私達村の者がよくここに来るのはあいつが倒れてないか見に来てるのもあるのです……」

パチリと何かを叩く音がして咄嗟《とっさ》に振り向けば義晴様が手を顔に当て、三九郎さんがこっちを何故か半目で見ていた、と思ったら見ている俺に気づいて竈《かまど》を見ろと手で指示してきたので目線を戻した。

……一体なんなのだろうか。


「なるほどぉ……あいつはあぶなっかしい職人だというのは今日でよくわかったよ……」

「はい……だから、宗助が刀作りに集中したいと言って来た時は俺等が毎日来て様子を見てたんです……奇跡的に倒れなかったので良かったですが」

「宗助ちゃん、作品を作っている時に邪魔されるのが一番嫌いなんです……だから見てるしかなくて……」

「いつか命削って何か作品を作りそうですね」

「「えぇ……!?」」

「やめろ、宗助ならやりかねない……」


なんかにぎやかだなぁ……。という間に料理は出来るのだが。

夏と言えば皆は何を思い浮かべるだろうか、俺は素麺《そうめん》だ。

素麺は奈良の時代からあるもので作り方もあった。ここの山の水は澄んでいて、キンキンに冷えているので素麺との相性が最高にいい。

「出来ましたよー」

「おぉ……って、おいこら宗助、飯を食えとは言ったがこんな季節に素麺は無いだろう」

「？　涼しくて夏は美味しいですよ」

「あ？　……まぁいい、食べよう」

義晴様の分だけでなく三九郎さんやおゆきと太郎の分も用意するため皿を置けば三九郎さんが気付いて首を振る、がもう用意してしまったと言えば渋々席に着いた。

先日の揚げ物を腹いっぱい食べた事もあって気を付けていたようだが、俺は残念ながら客人は存分におもてなしをするのが好きなのでここでは食事をしてもらうぞ。

……何？　人嫌いな癖に？　それはそれ、これはこれだ。おもてなしの精神は日本人の性《さが》だ。

「ありがとう宗助ちゃん……でも私達は朝餉を食べてるから少しでいいわ」

「俺も少しだけ貰うよ、宗助の御飯美味しいから」

「素麺だけどな」

「でも普通の素麺と違うわ、色がついてるもの、それに涼しいし」

「俺もこの色付き麺好き、あと涼しいし」

俺は色付きを少し入れるのが好きなんだ。なんか得した気分になるからな！　特に大勢で食べるときは特にそう思う。あとやけに涼しいを強調するな二人共……。

「本当だ、色がついてるのがある……」

「……食べられるのか？」

「食べられます。緑は抹茶、薄紅は梅紫蘇《うめしそ》を練りこんだものですので」

「失礼を言ってしまい申し訳ない……」

俺は気にせず水を素麺が入ってる器に入れると義晴様と三九郎さんはぎょっとしたような表情になった。

俺はその二人の表情を見た時に思い出した。この時代素麺は温めて食べるのが主流であったと……。

昔会社の慰安旅行で行った素麺の工場で作り方と共に歴史も教えてくれたんだった……確か江戸時代辺りで冷たい麺にして食べた人がいるって言ってた気がする。

おゆきと太郎はおそらく俺の行動に慣れているが故に黙っていたのだろうが、ここでは異常な事だったのだとようやく俺は気づいたのである。

「水を入れて冷やすのか……⁉　本当にこれで食べるのか……？」

「色がついているだけでなく冷やすのか……初めてみたぞ……」

内心慌てるがもう遅い、俺は早々に対処を諦めて醤油とみりんで作った麺つゆを全員の器に入れた。

知っている二人は手早く自分の食べる分を器に入れ、それを真似するように義晴様と三九郎さんは器に素麺を入れ始めた。あ、色付きを三九郎さんが多く取ってる。

おゆきと太郎がいただきますと言ってつるつると食べ始めるので俺も食べる。

やはりここの水で作ったおかげか冷えていて、のど越しがいい。義晴様と三九郎さんも俺らを見て食べ始めたがあの素揚げを食べた時のようにカッと目を見開いていた。

流石に食べなれないかと心配したが二人はずるずると勢いよく食べ始めたので美味かったのだろうと俺は勝手に思っておく。このままだと俺の分が無くなりそうなので俺も麺をすする。

しかしこの月でもう六回目の素麺となると少し食べ飽きるな……そろそろ色付き麺の種類を増やすか出汁を替えてみようか……。

「(なんだこの素麺は！　食べても食べても箸が止まらない!!)」

「(するすると入る……ダメだ、また食べ過ぎてしまう!!)」

「(あぁ……また宗助ちゃんやってしまったわ……でも、私も素麺は好きだし……)」

「(また、月ヶ原様に気に入られた……でも宗助料理上手だから俺らも好きだし、美味しいし……)」

「(あ、薬味もいいなぁ、今度入れよう)」

このあと宗助は三九郎に素麺の作り方と麺つゆの作り方を教えたのであった。


チリーン……。


「はぁ……食べた、食べてしまった……」

「そう落ち込むなよ三九郎、美味いから仕方ないだろう」

「うぅ……忍びは、忍びは耐えるものなのに」

「やれやれ……」

どうやら俺はまた三九郎さんの忍びとしての矜持《きょうじ》をへし折ってしまったようだ。

だが先ほど言ったように俺の家でのおもてなしの方針なので三九郎さんには悪いが俺は満足している。

チリーン……。


「……宗助、あの風鈴の製作を依頼していいか？　俺の部屋に欲しい」

お？　今日は持って行かないのか。お偉いさんからの依頼は初めてだから少し緊張する。

ここは相手の予想を超える最高の物を作らねば！　それが依頼を受ける上での大事な事だから！

「構いませんが材質はどうなさいますか？」

「ん？　びいどろ以外にもあるのか？」

あ、そうか初めてガラスの風鈴を見たんだったな。これはそれ以外の材質の注文となると俺の説明を聞いてからの注文になる……説明は俺の感性の部分も入ってしまうが仕方ないだろうな。

「はい、ガラ……びいどろ以外には陶器と金属、木と水晶などがあります。しかし、私が作れるのは水晶を除いたものとなりますが……」

「なんと木からも風鈴は作れるのか……うむ、やはりびいどろがいいな、この音が心地いい」

「承りました。数は一つでしょうか？」

この時代だし、もう嫁さんもいるだろうと数を聞けば少し考えたあと義晴様は指を二本立てた。

やはり嫁さんにかと思えば予想とは違う答えが返ってきた。

「……二つ頼めるか、暑さに弱い爺がいるんだ」

「爺？」

「ご老公様の分です」

俺が聞き返せば、すぐに三九郎さんが耳打ちで早口でだが教えてくれた。

昔から義晴様に世話を焼くお人で、恩師のような人物らしい。今でも現役の武将として働かれているという。聞く限りスーパーハイスペックお爺ちゃんらしい。

そのご老公様がなんでも年のせいもあり夏場では体調が優れないことが多いらしい。この風鈴で少しでも涼しく過ごしてほしいのだろう、と。

なんだ義晴様も意外と優しいとこあんだなぁ。なんて思っていたら義晴様にジト目で睨まれたので話題を変えようと注文についての話に戻した。

「……では、風鈴が二つですね。江戸ふ……あー、透明なびいどろと色付きのびいどろがありますがどうされますか？」

「？　びいどろは透明であろう？　お前のはそうではないか」

「はい、透明なびいどろに絵を描いております。が、青い海のような色のびいどろ等がありまして」

「……俺には分からぬ、お前に任せるから好きに作れ」

「わかりました」

なんと俺好みの注文なんだ！　今ぶら下げている江戸風鈴もいいがやはり琉球ガラスの風鈴を作りたい!!　淡い色で水色と薄緑とか夏にいいよなぁ!!　でも海を思わせる深めの青も捨てがたい

……！！

あぁでもサンドグラスがここじゃあ出来ないんだよなぁ!!　絵を描くなら薄めにした方が……!!

いっそシンプルでまとめて!?　いやでも気泡で模様をつけてもいいなぁ!!

「宗助戻ってこい!!」

「いったぁ!!」

頭に衝撃を受けてすぐ傍にいる人物を見れば、拳を握る太郎がいた。その隣にはおゆきもいて俺に軽くチョップを食らわせる……これを知っているということは、数日前の俺と村長との喧嘩を見てたな、おゆき。（ちなみに喧嘩の内容は些細な事なので省略する）

「お客さんの前ではやめなさい！」

「ほったらかしにしないの！　失礼でしょ！」

あ、と俺が義晴様を見れば苦笑してこちらを見つめていた。とりあえず俺はすぐに謝り、義晴様がいいと仰ったので、この件は不問となったのだった。

その三日後、おゆきと太郎が持ってきた差し入れの魚を食べながら、二人に練習も兼ねて作った琉球ガラスもどきのペンダントをあげた。

おゆきには赤と黄色、太郎には紫と青色の物だ。親指の爪ほどの大きさの球に紐を通す穴を開けておき、同色の小さな小指の爪ほどの大きさの球を左右均等の幅で間隔を空けて紐を編み込むように結んだものだ。

本当はもう少し作りたかったが色の材料が一部手に入りにくいのであまり練習には使えない。

少し物足りなさがあるが二人はガラスの色を気に入ったのか空に掲げてじっと見ていたのでよしとする。

「綺麗……夕焼けの色だわ……」

「こっちは夜明けだ……こんな首飾り見た事ねぇや……」

この感想に俺は満足だ。練習とはいえ作った甲斐がある。

そのあと、二人は笑顔で村に戻って行ったのを見て俺は製作に戻った。


七日後……依頼の物が完成したので義晴様に伝える術を村長に聞くために山を下りようと家の戸を開けると三九郎さんが俺の前に、正確には家の戸の前に下りてきた。

こんないいタイミングで来たということは……。

「完成したか」

「はい、あの……もしかしてずっと製作中も見ていたのですか？」

「いや、中には入っていない……が、何かあればと何人かをこの周辺に付けていた」

やはり今回も忍者はつけられていたらしい……。

まぁ国の若様に贈る、もとい作る物に何か変なことをしていないか見張るよなぁ……。

これは仕方のないことだと、俺は開き直って完成した風鈴の入った箱を渡す。

風鈴についての説明をすれば分かったと頷かれたので、これにて依頼された風鈴の納品は終えた。

気に入ればいいが……。

◇

清条国　月川城……義晴の部屋にて職務に励む義晴の後ろに天井裏から声をかけた三九郎が下りれば、義晴は三九郎が手に持つ箱に目を輝かせた。

「おっ！　もう出来上がったのか！」

「はい、こちらが若の風鈴。そして、こちらがご老公殿の風鈴にございます」

「うむ、早速拝見しよう！　……ほぉ、これはまた涼しげな」

箱から取り出された二つの風鈴は翡翠《ひすい》色と空色の涼しげな色の泡で出来た渦が美しい螺旋《らせん》を描いていた。

その中を鳥の形をした白い泡が飛んでおり。

下に垂れ下がる重しの紙は程よい厚さで、触り心地がいい。翡翠色の風鈴には《風》、空色には《涼》と書かれていた。

「若が緑に御座います。緑が風を、青が水を表現したものと……確か、琉球のびいどろを真似たものと言っておりました」

義晴はぎょっとしたように風鈴を眺めていた顔を三九郎に向けた。向けられた三九郎は少し緊張した面持ちで頷く。

「琉球だと⁉　あの国とは最近ようやく我が国が交流を始めたのだぞ⁉　なぜあいつが！」

「私にもわかりません……が、宗助殿には琉球の訛《なま》りはありません」

「それは俺にもわかる！　……あいつの出自は今も不明、他国を調べても全く出てこない」

義晴は開いていた扇子をぱちりと音をさせて閉じるとこつんと風鈴を軽く叩いた。

その音は高く体に響くようにしみ込んだ。その音のせいか少し頭が冷えた義晴は空色の風鈴を箱に戻し、蓋を閉じた。

「まぁ、とりあえずこの風鈴を爺に渡してきてくれ。せっかくよい風鈴を宗助が作ったのだからな」

「はっ」

◇

ご老公である沢野木《さわのぎ》伝六《でんろく》は御年六十というこの時代では長生きな人物であった。

《清条の生ける鬼》と敵国に呼ばれるほどの強さを保つために武芸に励んでいた屈強なその体は未だに衰えを知らずと名高い。のだが、夏の暑さには勝てず、部屋で体調が優れぬことが増えたことで己の限界を悟り始めていた。

「やはり後継者を決めねば……しかし、この老いぼれに跡継ぎを育てる時間があるだろうか……、いや、育てねばならぬ、それがこの国のためなのだから」

自分の老いを自覚した沢野木は自分の後を引き継ぐものを探さねば、若い者達に後を託さねばと焦っていたのだ……。

そんなときであった、ある物が仕える主の子、義晴から彼の元へ届いた。

「これを私に？」

「はい、若がご老公様のためにと懇意にしている職人に作らせた風鈴に御座います」

「ほぉ……これはまた、美しい風鈴であるな……色も涼しげな青……いや、空色だ」

義晴から風鈴を受け取った沢野木はびいどろの美しさを一目で気に入り、すぐに部屋の前にある縁側に吊るした。

《チリーン……》

風に揺られて鳴る音は体に染み渡るように沢野木の体を冷やす。

その心地よい音に沢野木はまたこの風鈴を気に入った。

「これは良い物を貰いましたな」

「この風鈴は天野宗助という者が作った風鈴です。水を表現したのだと」

「天野……宗助？　確か、若が最近お気に入りの刀鍛冶であろう？」

沢野木が知るのは鍔に龍が宿るという刀と、星を映した刀の事のみ。切れ味もいい、腕のいい刀鍛冶と聞いていたのだ。

「はい、ですが刀だけでなく様々な物を作っております。天野宗助職人の家にて吊るされていた風鈴を気に入り、注文する際に沢野木様が少しでも夏の暑さに耐えられるようにと、若がお頼みになったのです」

「それは、なんと……この風鈴は大事にしなければ」

三九郎は義晴からの用は済んだため、部屋を去る。沢野木はその姿を確認すると席に戻り、執務作業に戻った。
《チリーン……》
心地よい風鈴の音は沢野木の周りの暑さを取るように程よく涼しくさせる。
沢野木はその涼しさに笑みを少し浮かべて筆を動かしていればそよそよと夏の湿っぽい風が吹いて風鈴を揺らす。
《チリーン……》
《きゅーい》
《チリーン……》
「ん？」
風鈴の音とは違う音がした気がすると沢野木は筆を止めて周りを見る。が何もいない。あるのは先ほど吊るした風鈴のみで風に吹かれて揺れている。
《チリーン……》
《きゅい》
気のせいかと再び書類に目を戻そうとした沢野木はまたもや聞こえた音に顔を上げれば障子の枠から見知らぬものが部屋を覗いていた。
まるで様子を窺うようにこっそりと、じっと沢野木を見ていたのだ。
「なんだ……あれは、鳥なのか？」

小さく、翼のないように見えるが嘴《くちばし》のようなものを持っているので鳥と考えたがずんぐりとした体で空を飛べるのか疑問を抱くほど鳥とは思えない。沢野木は鳥のような何かを同じようにじっと見ているとペタペタと音をさせて部屋の中に入る。

突然のことに警戒をするように筆を置き、傍に刀を引き寄せる沢野木を気にしていないのか、敵意の無い鳥？　はペタペタと音をさせて近づいてくる。

普通ならばすぐさま斬っているが沢野木は何故か斬ることはしなかった。それどころか……。

《くきゅー》

「なんと愛らしい……」

己に向かい手を伸ばして歩く姿の幼さと愛らしさに沢野木は迎えるように手を広げて受け入れてしまったのだ。

迎えていると分かった鳥はペタペタと歩む速さを上げて、その飛べそうにない翼で沢野木の膝へ触れると、目を細め笑うように嘴を開けた。

「うむうむ、よくやったなぁ……」

《きゅい！》

赤子を撫でるようにふわふわと綿毛のような柔らかい鳥の頭を優しく撫でれば、もっとと強請るように手に擦りよる、その仕草に沢野木は銃で胸を撃ち抜かれる感覚に襲われ思わず床に手をついてしまう。

そんな沢野木に鳥は首を傾げて見上げ、心配するように膝を撫でていた。

「あぁ、大丈夫、大丈夫だ……ん？　どうした？」

《きゅーい》

鳥は沢野木の後ろに回り、背を沢野木の腰にもたれかかるようにして座る。

さらに、その様子をじっと見ていた沢野木の目の前で、片方の翼を机の上の書類に向ける。

まるで仕事の邪魔をしないよ、お仕事していいよ、と言うように。

静かに己の腰を背もたれにして座る鳥に沢野木は不思議と居心地の良さを感じ、また鳥の頭を撫でて彼は執務をするためにその視線を机へと向けたのだった。

「そういえば、今日は随分と涼しいな……風鈴のおかげか？」

《きゅーい》

沢野木の言葉に、鳥が満足げに鳴いた声であったとは彼は知らない。

「沢野木殿、殿がお呼びで、寒っ⁉」

「おぉ、どうした」

入ってきたのは義虎の側近の陸奥川《むつのかわ》鼓太郎《こたろう》。

陸奥川は腕を摩りながら沢野木の部屋に入ると信じられないという表情で沢野木を見た。

「沢野木殿⁉　この部屋薄ら寒いですよ⁉」

「うん？　そうか？　なんだか今日は涼しいとは思うが……」

「涼しい⁉　見てくださいよ、この汗！　今日は日差しもきつく風もぬるいのですよ⁉」

沢野木が陸奥川を見ればびっしょりとした汗が顔や首を滴《したた》り落ち、着物も体に張り付いている。

それは外を走った程度の汗ではないのが分かる。

それに比べ、沢野木は顔や首には汗一つ無く、服もさらりとした肌触りのままであった。

また体調もすこぶる良かった。普段は暑さがひどいほどふらふらとして日陰で休まねばならないほどなのに対し、この日は眩暈やだるさもない。

「まぁあなたが健康なのは私も喜ばしいのですが……、何をされたのです？　こんなに寒いなんて普通ではありません」

「儂は何も……今日は若から風鈴を頂いたくらいだろうか……まさかな」

「風鈴？　あぁ、これですか……また涼しげな風鈴ですね」

「天野宗助殿に若がご依頼して作らせたらしい、若の部屋にもあるそうだ」

陸奥川は風鈴にむけていたその視線を再び沢野木に向けた。

「それはともかく……殿がお呼びです、次の戦の事で相談があると」

「わかった、すぐに向かおう……すぐ戻るからな」

《きゅい》

鳥？　の頭を撫でてから部屋を出た沢野木は陸奥川と少し歩くと、むわっとした湿気を含む暑さに顔をしかめる。

先ほどまでとは違う暑さに、沢野木は思わずこれは暑いと小さく言葉を溢した。

「暑いな」

「でしょう？　……先ほど誰と話されていたのです？」

「ん？　あぁ、儂の部屋に可愛いらしい鳥が来てなぁ……人に馴れているのか儂に寄って来たのが愛らしいのだ……先ほど儂の傍にいただろう？」

「沢野木殿……」

隣を歩いていた陸奥川が立ち止まったので、沢野木は何があったかと振り向けば陸奥川は顔を真っ青にして、首を横に振っていた。

「あなたの傍には誰もいませんでしたよ、鳥も……あの部屋にはあなた一人でした」

「……何？」


殿との話し合いが終わり、部屋に戻った沢野木はその涼しさと待っていた鳥の姿に顔が緩む。

沢野木が帰ってきたと分かった鳥はすぐに彼の足に抱き着く。おかえりなさいと幼子が迎えるような仕草で彼を迎えた鳥に沢野木は抱き上げて答えた。

《きゅるるる……》

「おぉ、よしよし、寂しくなかったか？」

《きゅ！》

抱き上げられ、嬉しいと感情を出して、胸元へ擦りより甘える鳥に沢野木は頬が緩む。

沢野木の顔は今まで誰も見たことないほど優しく、親しい者がいれば緩るみきった顔と言われるほどの笑みを浮かべていた。

《ちりーん》

「………」

ふと音を鳴らす風鈴に沢野木は先ほど陸奥川が言った言葉を思い出す。〝部屋には沢野木以外、誰もいなかった〟と。

しかし、今胸元ですりすりと甘えている鳥に触れられ、〝存在している〟のが分かる。が、生き物が持つ心臓の鼓動は感じない。それはこの鳥は〝生き物〟ではないということだった。

そしてそんな鳥がなぜ現れたか、なぜ今なのか、沢野木はすぐにその答えを導きだした。

沢野木は鳥を抱いたまま今日この部屋に新たに追加されたものに近づいた。

「……お前はもしかしてこの風鈴の精なのか」

《きゅい!!》

鳥がそうだと頷いた。そう、風鈴だった。

自分の主の息子、義晴から頂いた風鈴。不思議な刀を作った職人の手により出来た風鈴が普通の物ではないと、沢野木は鳥自身が肯定したことで確信した。

「涼しくしてくれているのもお前だろ?」

《きゅい、きゅーい……》

「ん？　なんだ……そうか、これがお前なのか」

鳥は静かに風鈴の白い鳥のような模様を翼で指した。その姿形は同じで鳥はこの風鈴なのだと伝えていた。

そして、どこかおびえたような目で沢野木を見上げる。幼子が不安そうに見ている姿によく似ていて沢野木は抱き上げている腕と反対の手で頭を優しく撫でた。
「お前が、この風鈴がなんであれ、これは儂の風鈴じゃ、これからもよろしくな」
《きゅーい！》
「そうなると鳥呼びはだめだな……」
《ちりーん》
沢野木は風鈴を見ていればその漢字を思い出す。
そして、鳥を見ると、まん丸の顔からそれを連想させた。
「お前は今日から鈴だ、そして、この風鈴を〝友鈴〟と名付けよう、どうだ？　鈴？」
《きゅー!!》
鈴は気に入ったと沢野木の首に抱き着くように翼を首に回したのであった。

この日から沢野木伝六が夏に元気溌剌《はつらつ》と若者をしごく姿が城内で見られ、夏の間だけ、彼の部屋がとても涼しくなった。

そして沢野木の傍らに鳥の姿をした何かがいたという噂も出た。

突然の変化に周りの者は不思議に思ったが沢野木が元気ならそれでいいと思う者が多かった事と、沢野木自身が笑い飛ばしていたことから誰も理由は聞かなかった。

第五章　獣型根付　梟番

「すまない……！　本当にすまない……!!」

「いや、別にいいんだが……」

それはある日の事だった……突然朝早くに家の戸を乱暴に開けた村長が俺に向かって頭を下げてきた。

眠気と闘いながら話を聞けば、俺があげた根付（木でできた俺特製のやつ）を無くしたらしい。

酒を飲んでいたようで酔って落としたのだろうと言った村長の後ろで村長を連れて来たおゆきと太郎が村長を見下ろしている、般若を後ろに従えて立つ二人の表情からすごく怒っているのがよーく分かる。

「村長、本当になにやってんだよ」

「宗助ちゃんが作ってくれた根付を無くして！　しかも酔っぱらって落としたなんて……情けないっ！」

「すまん宗助……!!　わしが迂闊《うかつ》であった!!」

「村長顔上げてくれ……」

怒りを露わにする二人にビビりながら村長はさらに地面に頭を擦り付けるように俺へ謝罪する。

根付などまた作ればいいからと、村長の顔を上げさせようとすれば、二人の怒りの眼差しは俺へと向けられ、

「村長を甘やかさない!!」

……と怒られた。これには俺も口を閉ざさねばならず村長には悪いが二人の気が済むまで頭を下げてもらうことになりそうだ……。

だが、二人がこんなにも怒るのにはもちろん理由がある。

根付自体はこの時代では高給取りの武将や大名が多く身に着けており、庶民に広まったのは江戸時代からだ。いわば根付は今の時代では高級品に近い。

しかし、それを無くしたからと言って、ここまで怒られることはない。

原因は根付の製作段階での事件が理由だ。

これは俺が動物の根付を作りたいと木彫りをしている最中に手元が狂い手のひらに深めの傷を作ってしまったことから始まる。

傷の場所が悪かったのか血が止まらず、泉のように血が傷口から溢れた。

血を止めるために布を求めて本殿へ行こうとアトリエから出た俺を……タイミング悪く遊びに来た太郎に見られ、血をダラダラと流す俺をすぐさま太郎は顔面蒼白で肩に担いで山を下り、そのまま村へと運んだ。

俺のそんな姿を見た村の者は、それはもう驚いた。太郎が泣きながら俺を担いで村へ駆け込んだ

と思ったら手からダラダラと血を垂れ流している俺（血が勢いよく出たので服や顔にも血がついている）を抱えていたのだから。

おゆきは悲鳴を上げて俺の手を止血しようと布で押さえ続け、村の中でも若い衆（若いといっても俺よりは十と数年は年が上）は宗助が大怪我したと騒ぎ、爺さん婆さん方は俺の名を呼んで、泣き叫ぶほどの大騒ぎ。

そして仕舞には……。

「今度は何をし……何があった!!」

と忍びの仕事で来ていたのだろう三九郎さんまで参戦したのだからもう大変。なんとか治療するも血が出すぎたせいなのか左手が痺れるような感覚があったため少しの間だけ村にいることとなったのだ。

作品を作りたい、道具を取りに行きたいと言えば太郎とおゆきが鬼の形相でダメと怒ったため俺は静養をしていたが頭の中ではアイデアが浮かぶ。しかし作ることが出来ない事に俺は苦しんだ。

仕方ないので気を紛らわす為に外で地面に落書きしていれば、三九郎さんがどこからともなく現れて俺を村長の家の中に戻すと、何故か紙と筆をくれたのでその紙に根付の完成図を描いて過ごしていた。

ちなみにその描いた紙はどこかに持っていかれたが頭の中に構想はあるので問題はない。
二、三日経つと傷がふさがりかけ、手の痺れもなくなったのでようやく二人から許可を貰って山の自宅で作品の続きを製作していれば義晴様から手紙が届いた。

三九郎さんから俺の事を聞いて、俺を心配しているという内容で手紙と共に高そうな塗り薬が入っていた。

俺は届けてくれた忍びの人に俺の怪我はひどくないと伝えてほしいと頼み、共に出来たばかりの獅子の根付をお礼代わりに渡すように頼んだ。


その数日後、すべての根付を作り終えた時に義晴様が家に来た。

しかも大きな荷物を抱えて来たので何事かと出迎えれば……俺は笑顔の義晴様にまるで赤子を高い高いするように両脇に手を入れられて、高く持ち上げられた。

補足しておくが俺と義晴様の身長の差は頭一つ分、俺の目線が義晴様の肩になるほどの差だ。

これは義晴様の腕の力が大層なだけである。……と思いたい。俺は標準の体重のはずだ。

「宗助！　嬉しかったぞ!!　あの根付とても気に入った！　大事に使わせてもらう!!」

そういって輝かしい笑顔でくるくると空中でそのまま回され、目を回した俺を助けたのは三九郎さんであったのは言うまでもない。

下ろされた俺に、義晴様は献上した根付を大変気に入ってくれたことを告げた。

刀や風鈴のこともあり、お礼をしたいと今回は訪れたらしい。

そう、あの抱えていた荷物は、反物と作品の材料になるであろう鉱石や木の塊なのである。

正直な話、俺は金子《きんす》よりも嬉しい。

反物は服に使えるし、鉱石や木はここでは採れにくい物だったのだ。

俺の頭の中には次の作品のイメージ図が出来始めているが、そんな俺の頭の中を把握しているのだろうか、義晴様は頂いた物をじっと見ていた俺の顔を掴み、苦笑した顔ですこし強引に自分の方へ向けさせた。

「あれはお前のだ、また好きに作ればよい……それで？　怪我をしてつくったものは出来たか？」

「はい、先ほど全て作り終えたところです。ご覧になられますか？」

「うむ、拝見しよう！　だが俺はもう貰った。ゆえに見るだけでよい……が、今回はその傷で済んだものの無茶はするな……お前が怪我をしたと聞いた時は肝が冷えたぞ」

「手の怪我で大袈裟では「大袈裟ではない!!」……そうでしょうか」

その後、根付を見て帰られた義晴様を見送り、いくつかの根付を持って村まで下りて、太郎には熊、おゆきには兎、他の村の者にも根付をあげた。

その中には勿論村長の分もあり、本人からの希望で梟の根付を渡したのだ。

以上の件があったため二人は俺が血を流して作った根付を無くしたことに大変怒っている、という訳である。

……だが、そろそろ二人には怒りを静めてもらおう……村長が可哀想だ。

「あれくらいまた作るから、そろそろ村長許してやって」

「……もう怪我、しないでね」

「今度怪我したら強制的にしばらく村に居させるからな……」

ひどい脅しだ。

なんとか二人の怒りを静めた俺は根付とは別の作品の構想を先にまとめ、紙に書きだす作業を始めた。

◇

清条国の隣の国、蒼里《あおざ》の国黒郷山《こくごうやま》。ここには山賊が多く住んでおり攫ってきた女などもいた。

その中の女の一人、お琴も攫われた女であり、十三を超えたばかりであった。

二つ年が離れた妹と村外れの原っぱで草刈りをしていたところ攫われた。

(ああ、どうして私はこんなところに……でも、妹は逃げられたのだし……無事なら、それで……)

お琴にとって救いなのは己を囮にして妹だけでも逃がせたことだった。

「おい、お琴! 早く酒持ってこい!!」

「は、はい!」

「……でよう、今日は清条まで行ってきたんだが、いい獲物だったぜぇ〜なんせ、酒で酔っぱらった爺なんだ」

「そりゃあいい、楽だったろう」

「あぁ、こくりこくりと寝そうだったからそっと懐を拝借したのよ!」

(……今日もまた、どこかの誰かから盗んだのだろう、あぁ、聞きたくない……! でも、聞かねば、あとでひどい目にあう……）

　お琴はお酌をしながら話を聞いていた。

　すると突然、獲物を自慢していた山賊がお琴の顔へと何かを投げつけた。顔にあたり、地面へ転がったのは木の根付であった。

「きゃっ⁉」

「それやるよ、値打ちなさそうだから邪魔だ」

「よかったなぁ、お琴」

「……はい、ありがとうございます」

　投げつけられた物を拾い、礼をいうお琴。

　しかし、内心ではくやしさにあふれていた。

（いらない……！　盗んだものなんて……いらないから、投げつけられたものなんて……！）

　その後、お琴は酌を続け、山賊が飲み散らかしたものを攫われた他の女性と共に片付けると、寝床にと女達に与えられた岩場に座りようやく一息ついた。

　一息ついた後、お琴は懐から投げつけられた根付を取り出し月明かりの中照らした。

「……あの山賊の目は節穴ね、こんなに素敵な根付を値打ちが無いなんて」

　番《つがい》であろう梟が翼で互いを包み、穏やかな表情で寄り添う姿の根付はお琴の心を少し癒す。

　家族を思い出し、逃げ出せる日まで頑張ろうという気持ちが湧き、不思議と笑みがお琴の顔に浮かんだ。

「元の持ち主の所に返してやりたいけど、でももう少しだけ私の傍にいて……必ず、この地獄を終えられるその日まで、私を勇気づけて……なんてね」

両手で包み、眠りにつくため寝そべるお琴。

明日も頑張ろう、希望は捨てないと心に決めた彼女は疲れから瞼が閉じていく。

『ほー』

『ホー』

(……梟が鳴いてる)

ふと聞こえた梟の声を聞きながらお琴は眠りについた。

『ほー』

『ホー』

二羽の梟がお琴のすぐそばにいたことも知らずに……。


翌日。

「なに、これ……」

「え、お琴がしたんじゃないのかい?」

お琴は誰かに揺すられ、起きるとお琴の近くに木の実が大量に置かれていた。

お琴が夜に出て集めたのだと思い、山賊に知られる前にみんなで食べようと採ってきたお琴に礼と共に食べさせるため起こしたのだという……が、お琴は知らないと首を振った。

「でも、あんたのすぐ近くに……いや、今は神様の助けと思っていただこう！　みんなも腹は減っているもの」

「えぇ……あ、梟がない⁉」

お琴は梟の根付が手に無いことに気づき、急いで捜せば木の実の山のすぐ近くにあった。

慌てて手に取り傷等はないか確認し、何も変わってないことを確認するとお琴は安堵の息をついた。

たった一日であったが、お琴にとってこの梟の根付は心の拠り所になっていたのだ。

「あ、それって昨日顔に投げつけられていたやつ……」

「うん、でも気に入っているの……あの山賊、目利きできないのね」

「どれどれ……まぁ、随分精巧な作りじゃない……それに、なんて穏やかな顔した梟なのかしら、こっちまで笑ってしまいそう」

お琴は手の中で転がしながら他の者に根付を見せれば、やはりいいものだという。

木の実を食べながら投げつけた山賊に節穴、目利きができないと内心で悪態をつき、腹を満たし、穏やかな気持ちで朝を過ごせたことを神様に感謝した。

今日も山賊達の世話をして、日が暮れたので就寝……しようとしたお琴を山賊の一人が無理やり手を引いて森の中に連れて行った。

すぐにお琴は何をされるか理解してしまい、抵抗するが殴られ、服を引き裂かれてしまう。

「いやっ、離して‼　だれか、誰かぁ‼」

「うるせぇ！　黙れ‼」

「っ、うぅ……っ!!」

殴られ、懐に入れていた根付も放り出され、彼女はこの後を考え絶望し、目を閉じる。

(あぁ、今日の朝の事は私への慈悲だったんだわ……これが起こるから、神様は私に優しくしたのよ……おとう、おかあ……ごめんなさい、おきよ……帰れなくてごめんなさい、お琴は天にかえります……)

山賊に腹を触られ、全身を撫でられたお琴は意を決し、舌を噛み切ろうと口を開けた。

その時だった。彼女を撫でる手は離れ、山賊の悲鳴があがる。

『ホー!!』

バサバサバサバサッ!!!

瞼を開けたお琴が目にしたのは激しい羽音と共に山賊に襲い掛かる梟だった。

袖を引かれる感覚に目を向ければ、お琴の近くで襲いかかっている梟よりも小さな梟がお琴の袖を引いている。

『ほー!!』

「あ、逃げなきゃ……!!」

山賊から離れるよう袖を引く梟にお琴はすぐさま立ち上がり、その方向へ走った。すぐに山賊はお琴に気づくが梟が邪魔して追いかけられない。

お琴が森の中を死にもの狂いで走ると、袖を引いた梟が先導するように前に飛んだ。

ただ何も考えずお琴は梟の先導するままに走った。

夜の暗闇から恐怖で足がすくみそうになると梟が勇気づけるように急かすように鳴くので、お琴は必死に足を動かし続けた。

夜が更けて、月明かりも通さない森の中、梟の声を頼りに走るお琴。

その少し後ろから山賊の声が聞こえ、近づく音が聞こえる。

どこまで走ったかは分からない、が止まれば死ぬと必死に走った。

走って。

走って。

お琴は森をずっと走った。

しばらくすると走った先に明かりが見え、その明かりに向かいお琴は飛び込んだ。

「っ……？」

お琴は地面への衝撃が来ないことを不審に思い、目を開ければ……。

「お、おい大丈夫か……？」

目を丸くしてお琴を見つめる侍の顔がすぐ近くにあった。

お琴が飛び出した先には侍がおり、侍は森から飛び出したお琴を咄嗟に受け止めたのである。

その侍の傍には提灯《ちょうちん》を持った侍が何人もおり、彼らは飛び出してきたお琴とお琴の恰好に驚きの表情で見つめていた。

「お主、どこから……というか、その恰好はどうした？」

「あ、その……あ！　申し訳「見つけたぞ!!」ひっ！」

「てめぇ、ふざけ……あ？」

「……なるほどこの男から逃げていたのか、捕らえよ!!」

提灯を持った侍達はすぐさま山賊を囲い、手慣れたように地面にねじ伏せると縄で捕縛した。

あっという間の出来事にお琴が呆然としていれば、彼女を受け止めた侍がお琴の肩に優しく羽織を被せた。

「これを着なさい……大丈夫か？　怪我はないか？」

「は、はい……っ！　この山の中腹にまだ山賊がいて、捕らわれているものがいます！　どうか彼女たちを助けてください!!」

お琴は侍に山賊の事を話す、これで攫われた女性を助けられればという考えだ。

侍はすぐに山の方を見て彼女が言ったことに目を見開いた。

「なんと、それは本当か!?　……伝助！　夜が明け次第、討伐隊と共にこの山を捜索し山賊を捕らえよ！　件の人さらいだ！」

「御意、その者はどうされますか」

「夜も更けておる故一時屋敷に連れ帰る、それにどこの村の出のものかと事情を聴きたい」

お琴を受け止めた侍はそばに控えた男に指示を飛ばすと、お琴を馬に乗せる。

何が起きたか分からずオロオロとしているお琴に気づき、優しい笑みを浮かべた。

「あぁ、そうだ、君の名前を聞いていなかったな、俺は早紀野守高佐《さきのかみこうざ》という」

「あ、お琴……山野村《やまのむら》のお琴です」

「そうか、お琴さんもう大丈夫だぞ、捕らわれた者もすぐに助けよう……夜も更けているから明日、君を村まで送るよ」

「っ、わたし……帰れ……ありがとうございます！　この御恩は必ず……！」

お琴は涙を流しながら礼を言う、あの山賊から逃げることが出来、他の女性も助かり、村へ、家族の元へ帰れるという安堵から今まで張っていた緊張の糸が切れ、涙が溢れた。

早紀野守はその涙の理由を察し、優しく背を摩る。

『ほー』

『ホー』

突如頭上から梟の声が聞こえ、お琴が顔を上げると同時にお琴の手の中にポトリと何かが落ちる。

「え？」

「ん？　……なんだこれは？」

それは山賊に襲われた時に落とした梟の根付だった。

二匹の梟の根付に傷はなく、お琴が落とした時のままの姿であった。

「どうして……もしかして、助けてくれたのは……！」

「おぉ、いい根付じゃないか……お、おい、なんでまた泣いて」

「ありがとう……私を助けてくれたのは、貴方達なのね……！　ありがとう……！」

根付を握りしめ祈るように涙を流し続けながら礼を言うお琴に早紀野守は泣き止ませようとしばらく慌てていたのであった。

『ほー』

『ホー』

彼女の手の中で二匹の梟が満足げな顔をしていたことを彼らは知らない。

そしてこの日の出来事からお琴の人生が大きく変わったのであるが、それはまた別のお話。

第六章　手鏡　葵姫

夏の厳しい日差しが少し和らいできた今日この頃。

俺は床に寝転がって亀と戯《たわむ》れていた。

「亀太郎は元気だなー」

声を掛けられ嬉しそうに顔を上げている亀。

亀太郎は山の泉にて甲羅が割れていて弱っていたところを見つけて保護した亀だ。手のひらよりわずかに大きい程度の大きさだったので家に運び入れて、甲羅の傷を布で巻いて塞いで応急処置をした。

現代ならば菌が入らないようにするのにいいものが沢山あるだろうが、この時代ではこれが精一杯だ。

治療後に桶の中に簡易的な家を用意して中に入れてやると意外にも素直に大きめの石の上で眠り始めたので、相当弱っていたらしい亀を俺は治るまではと面倒を見ていた。

前は亀と呼んでいたが、おゆきからちゃんと名前をつけなさいと怒られたので俺はその亀を亀太郎と名付けたのだった。

俺の畑の小松菜を好み、甲羅を指で撫でれば甘えるように頭を手にこすりつけてくる亀太郎に俺はすっかり情が湧いてしまい甲羅が治った後もそのまま家に住まわせていた。

もちろん太郎とおゆきも亀太郎を可愛がっており亀太郎の家となっている桶の掃除や庭の散歩にまで付き合ってくれた。

「さて、亀太郎は家に戻して……あれの仕上げをしようか」

少し名残惜しげにしながらも言われた通り桶に向かう亀太郎。

「こらこらちゃんと入れてやるから急いでいかなくてもいいぞ」

亀太郎を桶に戻し、俺はある小さなものの仕上げをする。

……これは女性が使うものだから花がいい。どうせなら使う人に幸せになってほしい。

そんな願いを込めてこの花を装飾として刻んでみよう。

そんな作業をする俺を亀太郎は桶の中からじっと見ていたのであった。

作品を作り終えた数日後、村長からある相談を受けた。

それは作り終えた作品を贈り物としてある人物に渡したいというものだった。

「……鏡をか？」

そう、俺が作ったものは鏡だ。

手鏡は両手で持つ大きさではあるがコンパクト式の手鏡。立葵の装飾をあしらった手鏡は自分でいうのもなんだが何処か気品のある代物だ。

「隣の村の村長の娘、なんだが……別嬪《べっぴん》さんで、働き者で気の利くいい娘ではあるのだがなぁ、ただ気が弱くてなぁ、嫁ぎ先でいじめられてるそうだ……だからその鏡でも持って自信つけてもらいてぇんだよ」

「まぁ鏡は女が使うものだから贈り物にはいいな……どうせなら贈る用に箱も作って鏡をいれるか」

「すまんな宗助、まぁ急がんでええぞ」

いや、早めに贈ってそのまま使ってもらおう。

女の身なりを整えるのに使えるだろう。

というわけで急遽の依頼だが木で箱を作る。

箱を作るなら拘《こだわ》って鏡と同じ立葵の花をあしらうのもいいな。渡すときに少しでも見栄えもよくしたほうがいいだろうし。

「宗助ちゃん、あんまり無茶しちゃだめよ……また二日経つから」

「この鏡綺麗だな、でもまた飯を食べ忘れたら怒るぞ」

「……鏡は磨きが重要なんだぞ」

……鏡を作るには磨きの作業が必須だ。しかも青銅で作るとなるとその作業は夏にやるものではない。

現代では磨くのに最適なものは沢山あり子供の力でも短時間で作れるがこの時代では繊維の粗い布と研磨材なので時間がかかる。

そのため半日以上の時間を使い満足のいく鏡を作ったのだが、その時には飯を食べることを忘れたことと疲労困憊《ひろうこんぱい》により磨き終えた直後に爆睡。

その後、様子を見に来た太郎により寝床に寝かされたが……翌日になっても目を覚まさず、太郎とおゆきは病気かと心配していたそうだが俺はその翌日の朝……つまり二日経ってから普通に起きたので大事にはならなかった。

「寿命が縮むから心配させないでくれ」

「もしまたあんなことになったら月ヶ原様をお呼びするわよ」

「それはやめてくれ、本当にやめてくれ」

義晴様は何故か最近俺を弟みたいに思っているのか分からないが健康にまで口をだしてきたから疲れて一日中寝ていたなんてしれたら確実に説教される。

それを二人もわかっているのかたまに飯を食べてないことを報告しているのを俺は知っているからな!!

「ややこしいことになるからやめてくれ」

「ややこしいこととはどんなことだ？」

「長い説教はいや……あ」

いるはずのない声と二人が俺の後ろに目線を向けていることからあの人が後ろにいることが分かる。

きっと三九郎さんもいるんだろうが義晴様の気配が分からない俺に忍者の気配なぞ分かるわけない。

そっと静かに後ろに下がっていく太郎とおゆきを見ながら夏なのにひんやりとしてきた背中に震えていると、肩が太く逞しい手にガシリと掴まれる。

「ほう……なが～い説教をされるようなことをしたんだな？　なにしたんだ～？　例えば飯も抜くほどに鏡を磨いて、疲れて寝たら二日経っていた～……とか？」

バレてる。口調は穏やかだが声色はどんどん低くなっていくので俺は逃げようと動けばグッと肩をつかまれたまままくるりと回されて正面で向かいあったその顔は笑顔だったが目が笑ってなかったし、額に青筋を立てていた。

その顔に俺は血の気がひき、三九郎さんが俺の手から作業道具を抜き取り、俺に向かい合掌したことで俺は確信する。

「（あ、俺終わった）」

このあと無茶苦茶説教された。


数時間後、正座から解放されたが日は沈んでいたため今日も義晴様はうちに泊まることとなった。

ちなみに太郎とおゆきは既に村へ帰った。

「全く、作るのもいいが程々にといっただろう！　お前はまだ若いが無茶はだめだ……ところで何か作ろうとしていたみたいだがもう何か作るのか？」

「アシガイタイ……いいえ実はあの鏡の嫁ぎ先が決まりまして、贈る用に箱を作っていたんです……」

「……誰かにやるのか？」

ん？　なんか今、義晴様の目が据えられて顔が怖かった気が……？

でも俺が見ているのに気付いたのかにっこりとした顔になった。……気のせいにしておこう。これ以上の正座は嫌だ。

「誰にやるんだ？」

「え、あ、隣村の村長の娘さんだそうです……気が弱いらしくて鏡で自信をつけてほしいからと村長が贈りたいと」

「なるほどな（三九郎に目を向ける）」

「（頷くと外に出た）」

あれ、三九郎さんがどこかに……。

目で追っていたら膝に亀太郎が乗ろうとしてきたので慌てて支えてやった。いつの間に脱走していたんだ。

「おぉ、あの亀が元気になったのか！　甲羅が治ってよかったな」

「はい、元気に庭を歩いたりしていますがあの桶を気に入っているのか出ていかず棲んでいます……亀太郎と名前をつけました」

「そうかそうか！　亀太郎は宗助を随分気に入ったのだな！」

カラカラと笑う義晴様に俺は亀太郎の頭を撫でながら箱の設計図を頭に思い浮かべていた。

◇

清条の国　常和《とこわ》の地。

程よく栄えたその土地の商家花衣屋。着物や簪を主に売るこの店の次男坊の嫁になったのはある村の村長の娘だったお咲という娘であった。

次男坊である菊太郎は偶然買い物に来ていたお咲に一目ぼれをし、ある村の村長の娘と知るが次男坊であることやお咲が働き者で心優しい人物であったために自分が婿入りしてもいいというほどお咲に惚れて彼女と婚姻を結ぶこととなった。

しかし、老舗というには年は古くもなければ新しくもないものの商家として成功しているこの店の家の女達は気性が少々荒く、プライドも高かった故に村長の娘というお咲が気に食わなかった。

お咲はふぅと一息つくが一息つくとまた手を動かして仕事をする。

嫁いだ家には意地悪な義姉と義妹がおり、義理の母は昼夜問わずいじめてきて、仕事や家事は全て押し付けられていたがそれぞれの夫や兄には隠してやっていたのだ。

勿論小姓のもの達にも口を出さぬように言いつけ、黙らせた。

しかし、お咲は菊太郎を愛していたし隠れて店で働くもの達が優しくしてくれること、また彼女も女であることから綺麗な着物や装飾を見れることから楽しく仕事をしていたので気にしなかった。

だが……ここ最近全くこたえていないお咲に嫁いびりがどんどんひどくなってきたのだ。

旦那にすぐバレることから傷がつくような暴力はうけていないが髪を引っ張ったり、食事に虫を入れたり、わざとお咲の服を汚したり等が増えた。

流石に楽しく仕事し、愛する旦那や優しい人といることが好きなお咲も少し嫌になるが……彼女は菊太郎のため、笑顔で送り出してくれた村の者や両親のためを考えると何も言えず我慢していた。

そもそもお咲には誰かに逆らったり、文句を言うほどの度胸はなく惚れられたとはいえ農村の娘だった自分が商家の人間に口を出せることなどない。

「大丈夫、私は、まだ大丈夫……」

いつか終わることを祈りながら日々を過ごしていたある日のこと。お咲の父親が彼女を訪ねてやってきた。

久々の親子の語らいだと菊太郎や義理の父親は気をきかせて部屋を用意し、沢山話しておいでとお咲を送り出す。

お咲は久々の父親に喜び、笑顔で日々が楽しいと語るが……お咲の父親は眉間に皺を寄せて彼女を抱きしめた。

「もういい、そんな嘘をいわんでも……」

「嘘なんて」

「ここの大旦那様から全て聞いた、よく頑張ったなぁお咲」

「え?」

先日、この家の小姓の一人がお咲の育った村にやってきてお咲のことを父親に話したのだ、またその小姓は義理の父親であるこの店の大旦那からの指示で来たと告げ、大旦那様が何もできないことを謝罪したという。

自分や息子は気づいていたが、お咲を守れば彼女達は激昂《げっこう》し、なんとしても排除しようとお咲に手を出すだろう、それだけはさせないために小姓達に命じ、彼女達がすることに先回りして未然に防ごうとするも数が多すぎて完全には防げなかったのだという。

勿論旦那である菊太郎はすぐにでもお咲を連れて出ようとしたそうだが、義母は菊太郎を溺愛しているために彼女を殺せば戻るなどの危ない発想になりかねないと推測した大旦那により夜に共にいることでお咲を守っていたそうだ。

しかし彼女につらい思いをさせてしまっていることを、大事な娘を嫁がせてくれたのに守れなかったことを申し訳なく思いお咲の両親と村人達に謝罪の文を出したのだという。

「そんな大旦那様や菊太郎さんが……私、知らなかった……」

「……今日はこれをお前に渡すためにきたんだ、隣村の虎八須を覚えとるか? そいつに息子みたいなのがいるそうで色々作る職人らしい」

「あの虎のおじさま?」

「あぁ、虎八須がいうにはその息子の作るものには何かが起こるらしい、だからこれをお前が持っていればきっと何かが起こると……」

父親が持っていた風呂敷を開くと立葵が彫られた立派な箱があり、お咲に差し出す。

お咲はすぐに箱の作りと彫刻から高価なものと判断し、首を横に振るが父親はお咲の手を箱に乗せた。

「この中には鏡が入っている……きっと何かが変わる、儂もそう思うんだ……この鏡を見た瞬間にそう確信した」

「おとう……」

「お咲この鏡はお前を美しく映すじゃろう、自信を持ちなさい」

お咲は父親が帰った後に夫婦の部屋へ贈られたものを持って運ぶ。その際に高価そうな箱を持っていることに気づいた義妹が奪おうとするが……。

足を踏み出した瞬間に何かに足をすくわれるように転んでしまい大きな音を立てたことで店の者たちが集まり、大旦那である義父も来たことで強奪は失敗した。

が、お咲はそんな騒動も知らず部屋に戻るのであった。

部屋に戻り障子を閉めたお咲は早速箱を開けて中身を手に取る。

両手で持つ大きさで立葵の装飾が美しいが鏡となる部分がない。

仕掛けがあるのかと鏡を持ち上げれば鏡の下に紙があり、開き方が書いてあるので見ながら開閉部分を押すと開いて鏡が現れたがそこには疲れた顔をした女の顔があった。

「まぁ……私、こんな顔していたなんて……おとうが心配するはずだわ……」

《随分と疲れた顔をしておるわ……こんな顔をしていたらいじめてくださいと言うておるものよなぁ》

「本当にそうよね……え？」

今自分は誰と会話をしていた？　この部屋には自分だけで、外には人影もなければ気配らしき音もない。

お咲が辺りを見回しているとくすくすとした笑い声が響き渡る。

《お主の手の中を見よ、娘》

「え……な、なんで……」

《ふふふ、漸《ようや》く気づいたなぁ》

手の中のもの、それはお咲が手にする鏡のみ。そっと視線を鏡に戻したお咲の目に映るのは楽しげにこちらを見て微笑み手を振る己の姿であった。

自分が映っているのに全く違う行動をしている鏡の自分にお咲は声をあげずに驚いた。

《初めましてご主人殿、わらわは鏡に映るもう一人のそなたじゃ》

「なんで話して……」

そう問いかけたお咲に、鏡に映るもう一人の自分は胸をはり得意げに笑う。その顔は奇《く》しくもお咲が今までしたことのない自信に満ちた表情で笑う姿であった。

《本来鏡は喋らぬのは勿論理解しておるぞ、しかしわらわは特別なのじゃ！　さて早速じゃがご主人いやお咲！　そなたは情けないと思わぬか⁉》

「え、なにを」

《あんな見た目もそこまでよくない、中身は醜女《しこめ》の者どもにコケにされるのがじゃ‼　お主ほどの美しいものがそのように痩せ、耐え忍ぶ姿をみるのはわらわは我慢ならぬ！　お主の父上もこのことを知って悔しがっておったし、母上は泣いておったのじゃぞ‼》

「おとうとおかあが……‼」

顔を赤くして怒るもう一人の自分から知らされた事実にお咲は口に手を当てて必死に涙をこらえるが鏡の中のお咲は止まらない。

両親だけでなく村の者も心配していた、また自分が贈られた経緯に込められた願いも全て怒りとともに鏡の中のお咲は伝えたのであった。

全て聞いたお咲は拳を畳に叩きつけた、今までにない感情の高ぶりにお咲はどうすればいいのかわからず畳にぶつけたのである。

「私……全然そんなこと知らなかった……‼　私が我慢すればなんて甘い考えで周りが傷ついていたなんて……‼」

《お咲、そなたの我慢は決して無駄ではない、それはお主が旦那殿や大旦那殿に迷惑をかけないようにした気遣いを二人だけでなくこの店の小姓達も知っていたから彼らも協力してくれたのじゃ……じゃからこそ今からが変わる時！　あの醜女達よりも美しく、強くなるのじゃ！　あんな陰湿

なものに力で立ち向かうなど同じ穴の貉《むじな》のすること……だからこそそなたは》

《高貴な姫となれ、見た目だけでない中身も美しい高貴なものになり、周りに愚かなことをさせぬ存在になるのじゃ、何もしないで相手を怯えさせるくらいにな》

そう告げる鏡の中のお咲は力強い眼差しと勝気な笑みを浮かべているがどこか高貴な美しさと優しさが見えた。同じ自分とは思えぬほど強く美しかったその顔にお咲は見惚れたのであった。

その日からお咲は鏡を常に持ち、鏡の中のお咲に助言をもらいながら努力した。

《まずは形から！　背筋を伸ばし話し方を変えるのじゃ……まずは語尾を柔らかくし相手が自分と思いながら話すのじゃ、それだけで印象が変わるぞ》

早速お咲は姿勢をよくして、話し方を少し変えた。

それだけで客からの評判がよくなり農村の者とは思えぬほど気品があると上客達が噂をする。

《次は健康と身だしなみに気を付けねばならぬ！　疲れた顔などもってのほかじゃ！》

次に食事や髪に気をつかい、また流行や色使いなどを勉強し客に提案をする。

すると売り上げがどんどん上がっていった。

健康的な顔色と美しい髪は清潔感もあり、元々美しい顔であったお咲はその美貌を遺憾なく発揮して商品を薦めれば、そんな彼女に男女問わず好感を持ち商品を手に取った。

また彼女自身目利きの能力は大変高く、お客によく似合う色等を見つけることから女性からすぐに支持され、彼女に相談をするためよく店を訪れるようになったのだ。

《どんな時も笑顔じゃ！　心に余裕のある女は強いぞ！　一手二手先を読み軍師となれ！》

これはお咲はよく分からなかったが、実は何を言われてもあまり気にしないようになり、いじめにあってもすぐさま対応できるようになっていったことで並大抵のことでは動揺をすることはなくなっていた。

だが鏡の中のお咲の言う通り先に行動を予測するようにしたことでなんと義母と義姉妹達のいじめを完封出来るようになっていたのだ。これによりお咲は自信を付けていった。

こうして笑顔で苦を口にすることなく働くお咲は店一番の稼ぎ頭となり、花衣屋にとってなくてはならない存在となった。

この時代ではこのような女性は珍しく、また彼女自身の存在感や鍛えられた精神から出る気品と旦那との良好の仲、美しい見た目、仕事も上々……まさに出来る女となったお咲に義母と義姉妹だけでなく農村の娘と馬鹿にしていた者達は怖気づき手を出すことはなくなった。

それどころか親衛隊がつくられ、義母と義姉妹達もその親衛隊に入隊し、隊員達に今日のお咲の活躍を報告してはキャッキャと話し合うほどにお咲の虜になったのでお咲の姑《しゅうと》、小姑問題は解決した。

このことからお咲は常和の地にて一番の女という称号を得たのだった。

またこの成果に鏡の中のお咲は満足そうに笑うのであった。

数日後の楚那村にて、久々に山から下りた俺は村長の家に行こうとしたが隣村の村長がやってきたらしいので客人との会談は邪魔してはいけないと行くのをやめて、およだの夫妻の所で畑作業の手伝いをしていたのだが太郎が走ってきて俺を突然担ぎ上げて、村長の家に運ばれることとなった。

村長の家には村長と知らない人、多分隣村の村長がいたのだが……隣村の村長は俺を見て村長に確認を取ると深々と頭を下げてきた。

「この度は大変お世話になりました!!」

「はい？」

「あー……前に鏡をやっただろう、そのお礼にきたらしい」

「あぁ、あの自信のないっていう娘さんの……？」

「そうです！　宗助さんのおかげで娘は見違えて変わりました！　今回そのお礼をしに参った次第です！」

頭を下げまくる隣村の村長の話が分からない俺に村長が経緯を説明してくれた。

で、村長曰く娘さんが鏡を使い始めてから見違えるように変わったそうだ。

変わったのは見た目だけでなく話し方や立ち姿に気品が出て、しかもとんでもなく仕事が出来て店一番どころか住んでいる常和という場所で一番の売り上げをたたき出した女商人になったらしい。

またそれだけでなくそんな働く姿に女達から憧れられてお姉様と呼ばれ、常和の男達はその娘さんのことを姐さんと呼んで慕い、親衛隊が出来るほどの人気を持ったらしい。

その中には武家のものやどうやら大きな商家の人もいるようでまさに現代でいうファンクラブを設立させるほどの人気ぶり……これにより周りを味方につけた娘さんに手を出せなくなった。

それどころか、領主の月ヶ原家（義晴様の従妹がお忍びでいらして娘さんをすごく気に入ったらしい）にまで認められた女に手を出すなんて出来るはずもなく大人しくなったらしい。

それどころかファンになって親衛隊に入ってしまったそうだ。

ちなみに旦那さんはさらに娘さんに惚れ込んだそうな。仲がいいのはいいことだ。

「本当になんてお礼を言えばよいか!!」

「いや、俺はなにも……」

「娘はあの日から変わり見違えましたぞ!!　本当に儂らの娘かと疑いたくなるほどに!!」

「いや、儂も驚いた……まさかあんなに変わるとは……」

そういえば一度村長は街に行っていたな。その時に見てきたのか……ってすごい顔してるぞ村長、そんなに変わっていたのか。

しかし、聞く限り娘さんは俺の時代でいうバリバリのキャリアウーマンで出来る女になったってことだよな？　気弱な娘さんが超有能なキャリアウーマンになり周りから尊敬されるまでになって姑問題解決なんてすごい話だ。

「鏡のおかげじゃないと思うがねぇ……」

「ならなんだっていうんだ？　どうみてもお前の鏡で変わったぞ」

「鏡程度にそんな力はないだろ……多分娘さんの素質だと思うぞ」

鏡の力なんていうが、俺はその娘さんの元々のものだろうと思った。鏡を贈る前から働きもので向上心のある性格をしていたのだろうが……鏡を持ったことで見た目を気にしてそれが顕著になったのだと思う。

まぁ何はともあれ、鏡がきっかけで娘さんが変わったのなら俺としても贈ってよかったなぁ。

なんて思っている俺は村長がやはりわかってないとため息をはいたのに気付かなかった。

◇

一方そのころの月川城、義晴は自身の部屋にて三九郎からの報告を聞いていた。

「なるほど……そうなったのか」

「はい、花衣屋のお咲は今や別人になっています……やはりどうみても」

「宗助の鏡だなぁ、あいつは一人の女の人生も変えてしまうとは……とんでもないな」

義晴は今回の件について三九郎に調査をさせており、その結果を聞いていたのだが困ったような口調とは違いその顔は楽しくて仕方ないという顔で笑っていた。

宗助の作品がもたらした影響は予想よりも素晴らしい結果となったことに驚きながらも、宗助に感心をしていた。

その時、突然声がした。

「まさかその懇意にしている職人の作品を確かめるために私を使うとは……呆れてものが言えませぬ」

突然の声に義晴は驚きも慌てもせず、声の主を三九郎に中へ入れさせる。

それは彼の従妹であり、今回件の鏡を持つ娘のいる店へわざわざお忍びをさせてまでいかせた小春姫であった。その顔は正《まさ》に呆れたと物語っており、首をゆるく横に振った。

「なんだ小春か」

「……わざわざお忍びであなたの依頼を行ったのになんですかその返答は、まぁ私も今回のことでお気に入りの店を増やせましたので文句等は言いませんが」

ちらりと義晴の背後にかけられている刀、刃龍を見て目を細める。

義晴は姫の目線の先に気づきにやりと笑う。宗助が見れば悪魔の笑みと心の中で称する笑みを。

「いい刀だろ？」

「あなたがそこまで〝もの〟に対して執着するなんて初めてでしょう……この私まで使って調べたものは素晴らしかったかしら？」

「あぁ、予想以上にな……それに今回のことで少し考えも変えた。今までは己が所持することであいつの作品の価値を見出そうとしたが……あの鏡は恐らく俺では真価を発揮しなかっただろう……それでは宝の持ち腐れよ」

刃龍を手に取る義晴の目に刃龍の鍔にいる龍はじっと彼を見ながら笑っていた。まるで妹弟はお前の手には余ると嘲笑っているようでもあった。

そんな刃龍を指で弾きながら義晴はくっと笑う。

「全ての作品の所持はあきらめる、があれの作るものは影響がとんでもない……一人の女の人生だけですまなくなる可能性はある」

「大げさでは？　そこまでの影響のあるものなど……いや、あなたがすでにそうですわね、影響を受けているもの」

「きっととんでもないものがこのあと生まれる可能性がある、作品の所在だけでも把握しておくほうがいい……何よりあいつが作ったものがどれだけの常識をひっくり返すか……楽しみで仕方ない!!」

目をギラギラとさせて笑う義晴に三九郎と小春姫はブルリと震える。

今までにないほどに楽しげに笑う彼に小春姫は冷や汗をかくが動揺をみせまいと拳を握り耐えた。

何よりあの忍びである三九郎が顔を青くさせ小さく震え始めている。そんな家臣を守るべきだと姫としての使命感から小春姫は口を開く。

「……まるで悪童の権化みたいな笑顔ね」

なんとか出た小春姫の悪態に義晴は鼻で笑うが、悪魔の笑みを浮かべる彼は見落としをしていた。

すでにある根付が清条国外に出ていることと、宗助は自分の作品への自己評価が低いことに。

それによりポンポンと誰かに作品をあげてしまうことになり彼へ何度も説教を行うことになることを義晴はまだ知らない。

◇

清条国から離れた土地京の都の帝の寝室。

そこには帝の地位を先代から頂いたばかりの帝聖宋天皇が眠っていた。

その帝の夢見は最近あまりよくないものばかり。この京の都を黒いものが覆い民を苦しめるという夢ばかりでいつもうなされていた。のだが今宵の夢は違った。

その夢はある家の中で座って木彫りをする男がおり、その男の傍に大きな亀が守るように座っていたのだ。

元服はしているであろう年の小柄な男。作業に真剣に取り組んでいるのか亀が見えていないようだ。

そして亀は男よりも大きく、なにより目に付くのは尾が蛇であることだ。その亀と尾の蛇は楽しげに、優しく男の作業を見守っていた。

《そなた、一体だれぞ……？　ここは、それにその亀は》

帝が声をかけると亀が彼を見た。

目が合うと亀が目を細め、その瞬間に帝は突風に吹かれその部屋から飛ばされてしまったのだった。

寝具から飛び起きた帝は己の部屋にいることを確認すると乱れている呼吸を整えるように息を吐く。

そして夢の内容を整理した。

見たことのない家、見知らぬ男と傍にいた大きな亀のような生き物。

その生き物は何か作っている男を見守るように傍におり、自分はあの場所から追い出されたのだと理解した。

「はぁ、はぁ……今の夢は一体……あの男は、誰なのだ？」

月明り差す部屋の中で帝は一人言葉を零す。

その言葉は誰にも聞かれず夜の闇に消えていった。

第七章　陶器　龍雲

入道雲が空に浮かぶのが少なくなってきた今日この頃。

俺は冬に備えて保存食を作っていた。

野菜を干したり、発酵させたり、漬けたり……まぁ、多すぎても冬までは持たないので秋に備えてのものもある。

漬物を作る前に俺は漬物専用の壺をいくつか作った。腕で抱えられるほどの大きさの焦げ茶色の壺に採れた野菜を入れていった。いいサイズだったので村の皆にも壺をやればいい大きさと褒められ喜ばれたので嬉しい。

せっせと漬物を漬ける間、亀太郎に畑で収穫したキュウリをやれば、一口食べた後に俺の方に顔を向けて口を開けた。美味い！　と言っているのかわからないが気に入ったのかむしゃむしゃと食べたので俺は野菜が実ったらまたやろうと思う。

「ふぅ、やっと終わった、うぇぇぇ……今の俺、すごい糠臭《ぬかくさ》いなぁ……」

作業を終えた俺はすごーく糠臭い。また暑さは続いているので汗臭さもある……。これは太郎はともかくおゆきは嫌がるな。

俺はキュウリを食べ終えてうとうとしている亀太郎を連れて、川で魚を捕るついでに水を浴びることにした。

俺の家の裏から少し歩いたところに川と泉がある。

その泉は川の源泉になっているのもあるのか広く、深い。そして水が冷たくて美味しい。

俺が亀太郎を泉の縁に下ろせば亀太郎は勢いよく泉に飛び込むと俺を見上げて待っていた。

ちなみに亀太郎の傷が治った後に泳げるのかと確認に来た際に、野生に返りたいなら返そうと泉に入れてやったが水に入り少し泳ぐと俺の元に返ってきたので野生に返る気はないと確認済みだ。

服を脱いで褌《ふんどし》……というよりはボクサーパンツもどき一丁で泉に入り亀太郎と泳ぐ……俺はこの夏用にと作ったゴーグル擬《もど》きを着けているので視界は良好だ。

冷たい水に潜れば亀太郎もついてくる、水の中は綺麗なのもあり底まで見えて、上を向けば水面からの光が降り注いで美しい。

亀太郎と少し深く潜って遊んでいると底に何かキラリと光るものを発見する。

「(なんだ？　なにかあるのか？)」

俺は好奇心に駆られて光ったところに潜る、するとそこには手のひらよりも大きなサイズの水晶玉を四つ見つけた。

水晶玉を二つずつ持って引き上げた俺は、洗った服の上に水晶玉を置いて亀太郎と眺めていたが……綺麗な丸い水晶玉で傷などはなく水に浸かっていたこともありキラキラと光っている。

……明らかに高価なものだ。

こんな水晶玉はこの泉には今までなかったものだし、誰かの落とし物が妥当だが楚那村にこんな水晶を持てるもの等いない。

村人以外で高価なものを持っているであろう人は……ここに出入りしている領主の息子ただ一人だ。

俺は来たら問いただすと誓い、魚が罠にかかっていたので今晩のおかずと共に亀太郎を連れて家に帰った。


その翌日、丁度良く遊びにきたその領主の息子に水晶玉について聞いたが……。

「俺じゃないぞ！　てか、俺は泉にそんなものを捨てないからな!!」

と心外だ！　と言わんばかりの顔で言われた。

事情を聴いた太郎とおゆきも義晴様ではないと思うと言っていたが……この山に出入りしてる武士の人は義晴様しかいないんだよなぁ。

そんな俺の視線に気づいたのか三九郎さんが違うと首を振って否定した。

曰く義晴様はそんな水晶玉を持ってないと三九郎さんに発言されれば俺は納得するしかない。

「おい、なんで三九郎のいうことなら納得する……!!」

「こんな高価なもの誰が泉に入れたのでしょうか……」

「俺の他にも義晴様の忍びがここを巡回しているが……それをもっていそうな身分のものは来てい

ないし、そもそも村の者と義晴様以外はここに来たという報告はないぞ」

「おい聞け」

水晶玉を眺めながら考えるがやはりほかに候補となる人物を思いつかなかった。

俺は勿論一緒に泉に潜ったことのある太郎もあの泉になかったものだと言ったため俺が今まで気付かなかったというわけではない。

「そんなに唸るほど考えるならばもうお前のものにしてしまえ、そもそもあの泉に捨てたであろうものならば拾ったお前のものだ」

「……こんな高価なものはいりません」

「無欲なやつめ、まぁ持ち主が現れるまでここに置いておけばいいだろう……ところで最近は何か作ってないのか？」

わくわくとした表情の義晴様がいる。

だが今はこれといったものはない。一応物は作ってはいるのだが……。

俺は作業場においてある木箱を義晴様の前にお出しして見せる。そこには様々な簪が入っていた。

「簪？」

「今は売り物用に練習している簪なら作ってはおりますが……」

「売り物？　どこかに売るのか？　どこの店だ？　信頼できるものだろうな？」

ぐいぐいと聞いてくる義晴様とそんな話聞いてないと互いに顔を見合わせる太郎とおゆき、そして簪を興味深そうにみながら話を聞いている三九郎さんがいた。

まだ二人にも話してないことだから知らないのも無理はない。

俺は一度義晴様をなんとか落ち着かせた後に口を開く。

「いえ、あの、まだ売るかも決まってないんです……村に来る商人に頼んで売ってもらおうかと思っていまして俺も色々素材調達や生活もありますのでこの簪達を売って生計を立てていこうかなと……まぁ、今でも生きてはいけますけど色々作るには金はかかるでしょうから」

「……まぁ筋は通っているな、これほどのものなら売れる」

「でもまだ練習中なのでまだまだ売るには時間がかかりそうです、それにもう少し女性向けにしたほうがいいでしょうし」

義晴様にお墨付きをもらえたので売れはしそうだ。だがもう少し細工を女性らしいかわいいのにしたいというのもある。

今あるものは蜻蛉玉《とんぼだま》に組紐で花を付けたり、揺れる金具を付けただけなのでシンプルだ。

あまり高くなくていいので女性の髪を彩ってほしいが、これらの簪にはアレンジが必要なのでまだ売り物にはならないだろう。

「そんなことないわ宗助ちゃん、私この簪可愛いくて好きよ」

「おぉ、気に入ったならやるぞ」

「……宗助ちゃんあまり気軽に簪を女の子にあげては駄目よ、誤解されるから」

「ん？　なんでだ？」

おゆきが頬を膨らませている……太郎は苦笑しているし三九郎さんは頭を抱え始めた。

それに義晴様は……うわ、真顔だ。しかもなんかつぶやいていて怖い!!

「簪を贈る意味を知らんだと？　これは俺が色々教えないと駄目だ、いつか変なのについていくかさらわれる……」

「若、今はそこまでに……城で話しましょう」

「……わかった、とりあえずこの近辺の警備をより厳重にしろ」

なんか密談している……怖いから触れないでおこう……あ、そういえば簪の他にもう一つ作品といえるかはわからないが作ったものを思い出した。

「そういえば壺を作ったんだ……忘れていた」

「あの漬物の？」

「いや、一つ試しに作ったのがあって……あった、これだ」

漬物用の壺を作ったときに材料が余ったので試しに作ってみたものだ。

俺は部屋の隅に置いておいた水の入った陶器を持ってくる。意外と綺麗に出来たやつだからインテリアにも使えるぞ。

青みがかった灰色に白い雲のような模様が描かれた壺だ。

特にこれといったモチーフはないが水入れに使えるように分かりやすくしてみた壺だ。

義晴様は密談を終えたのか壺を見て目を輝かすが、水が入っていることに気づきどこか遠い目をし始めた。

いや、これは呆れている目で……気に入らなかったのかと思っていたらやれやれとため息をつかれた。

「お前なぁ、こんないい壺を水入れの壺にするなよ……」

「いい壺って……俺が水入れにでも使おうと思って陶器の練習用に試しに作ってみたものなのです」

「いやいや、作者のお前がそんな……いや、何もいうまい……」

もごもごと何かいいたそうではあったがやめたらしい義晴様は亀太郎と遊び始めた。

何だったのだろうか……。太郎とおゆきを見ても首を傾げられ、三九郎さんはまた頭を抱え始めたのでとりあえず壺については置いておいた。


もう話題にならないだろうと思っていたこの壺だったのだが三日後に使うこととなる。

それは村長からの依頼だった。どうやら楚那村から離れたところにある村だけ日照りが続き作物どころか、人の命も危ないらしい。

そこでその村の村長と仲のいいうちの村長が水を壺に入れて分けてやることにしたらしく俺が作った壺で水を運びたいと許可を取りに来たのだ。

俺は勿論了承したし、うちにある水を入れた壺も提供した。すると村長は何度か本当に壺をその村にやるのかと確認をしてきたが俺は是非使ってくれと壺を差し出すと、何故か村長は壺を大事に抱えて帰っていった。

何だったのだろうかと亀太郎に聞いても亀太郎は頭を俺の指に擦り付けて甘えるだけだった。かわいいなぁ。

壺を村長に渡した翌日に三九郎さんが俺の様子を見に来た（健康チェックと周辺警備の確認らしい）のでこの件について相談。

日照りの件は知っていたようで義晴様も何故一部だけ日照りが起きているのかと不思議がっているらしく調査中と教えてくれた。

どうやら近隣の村に手助けをするように指示を出そうとしていたところだったので、村長の行動は逆にありがたいと言っていた。

また壺の件については……。

「……は？　もう一回頼む。何と言った？　壺をどうしたって？」

「水を入れてその村に贈ることとなりました」

「はあぁぁぁぁ⁉　おま、なんてことを！！！」

三九郎さんは顔を真っ青にして飛び出して行ったが、すぐに戻って来て義晴様に報告することがあるから帰ると告げて帰っていった。

嵐のように慌ただしく去ったので俺は何かしてしまったかと考えたが水の入った壺を贈ったくらいなのでそこまで大事に考えていなかった。

だが数日後、義晴様が突然褒美だと反物を沢山くれて、そのあとに簡単に作ったものをやるなやら、危機感を持てやら、またとんでもないものつくりやがって等と説教をしてきた。突然のことに俺は勿論理解などしていなかったがそれについても怒られた。

解せぬ。

◇

清条国　登尾《とび》村。この夏、登尾村は謎の日照りが続き水不足に陥った。

何故謎かはこの村以外は雨が降り、水不足等は他の村には一切なかったからだ。

村長が何かの祟《たた》りだろうかと村の者とおびえる中、その村では若者の年に入る熊八は空を睨み、水を求めて枯れてしまった池の周りを掘っていた。

きっと水はまだあるはずだと希望を求めていたところに村長と仲のいい楚那村の村長、虎八須が楚那村の若者を連れて水を壺に入れて運んできた。

熊八が求めていたものではないが皆の命が助かると熊八は喜んで年下の子供達を抱えて水をもらいにいった。

「虎八須、かたじけない……!!　なんとお礼を言えばいいか！」

「気にするな旧友よ、困ったときは助け合うものじゃ……太郎、みんなに水を配るから動けないやつらに運んできてやってくれ」

村長が泣きながら頭を下げる中で楚那村の村長は冷静に太郎という青年に指示を出す。

子供達に水を配っていた太郎は村長の指示に快諾の頷きを返した。熊八よりも少し年上だろうその青年は優しく子供達の頭を撫でると楚那村の他の男に仕事を頼んで村長達に駆け寄った。

「わかった、でも誰が動けないんだ？　流石に俺もこの村は初めてだからわからない」

「俺が案内する！　それに手伝わせてくれ！」

熊八は冷たい水を一杯もらい、久々に体の渇きを癒すと太郎の手伝いを買って出た。

太郎は朗らかに笑うと、頼むと熊八に言った。が熊八は先ほどは気づかなかった太郎の大きさに気づき、面くらう。村では見たことのない大男だったのだから。

しかし、太郎はその巨体に反し穏やかな性格だと熊八は少し話しただけで理解する。

力は巨体に相応しい怪力で村の者達を軽々と運んでいくが怪力とは思えぬほど優しい手つきで水を飲ませていった。

「お前、すごいな」

「ん？　なにがだ？」

「怪力だ、すごくうらやましい」

太郎は照れるように一度笑うが空を一度仰いでからうつむいた。

何かあると思った熊八は太郎にどうした？　と聞く。この短い時間で太郎に親しみを覚えたこともあるがこの怪力なすごい男が顔を曇らせるほどのなにかがあるのかと好奇心が出たのだ。

「俺はあいつが危ない時守ってやれなかったことが多いからな……だから怪力なんて意味はない、それにあいつのほうがすごいんだ」

「あいつ？」

「俺と同い年の大切な友達で兄弟みたいなものかな……本当にすごいんだ、俺の村の家を丈夫で住みやすい家にしたり、俺たちが知らなかった食える物の育て方を知ってたり、あの月ヶ原の義晴様が首ったけになるほどのものを作るんだ」

「なんかすげぇな……その友達」

熊八がそう感想を言えば太郎は嬉しそうにうなずいた。

そうなんだすごいんだ、と自分のことのように喜ぶ太郎にとってその友達は大事な存在とよくわかる。

しかし熊八は一つ、月ヶ原義晴が首ったけになるというものだけはわからなかったが。

話を聞いていた熊八に友人を自慢できた太郎は機嫌がよく、笑顔で熊八の耳にこっそりと話した。

「お前にだけ教えてやるぞ……多分、ここで不思議なことが起きるかもしれないぞ」

「え？」

太郎は楽しそうにそういうと村長の傍にある一つだけ色の違う壺を指して笑った。

それは子供のような笑顔で。熊八にとってはよくわからない壺だがなにかあると。

「宗助が作ったものには何かが起きるんだ、だからあの壺はきっとすごいことをする。だって宗助は今まで星を映した刀を、生きた龍の刀を、精霊が宿る酒を、人の人生を変えた鏡を作ったんだ」

「それ、本当の話か……？　流石に信じられないな」

「きっとあの壺は何かするぞ」

そう信じて疑わない太郎の目はまっすぐで太郎が冗談を言って希望を持たせる人物に見えない熊八はとりあえず壺を大事にすると太郎に告げれば……それでいいんだと満足げに笑う太郎がいた。

その後熊八と太郎は話をして、いつか太郎のいる楚那村に遊びにいくと約束をして太郎は楚那村へ帰っていった。

熊八は太郎達、楚那村の者が帰った後に村長にあの例の壺が欲しいと告げて、割られないように保護のため家に持ち帰った。今の家には熊八一人。親は水不足で倒れてしまったため、村長が療養する場所に連れて行ってしまったからだ。

家の居間に置いた件の壺は両手で抱えるほどの大きさだが、なぜか水が入っているはずなのに異様に軽く、水が冷たいままだった。

熊八は不思議に思ったが、冷たいままな水にありがたいという感謝しか感じなかった。


その翌日に不思議なことが起きたのだった。

今日も今日とていやに天気が良く、雨が降る気配はない。これでは楚那村からもらった水も早々につきてしまう……。

熊八は畑仕事を終えると今日も池の周りを掘っていた。

どこかに水源が残っていることに希望をかけて掘り続ける熊八に村長からの怒声が降り注ぐ。いきなりの怒鳴り声に熊八はなんだと悪態をつきながら穴から出た。

「こらぁ熊八！　お前が欲しいといった壺をここに置くな!!」

「は？　俺は家に……え、なんで……」

熊八が掘っていた穴の近くに何故か家に置いたはずのあの壺があったのだ。

いつからあったのかわからないが不思議な事に水量はこの炎天下なのに減っていない。

「まったく、村の為にしてくれるのはいいが無茶はするんじゃないぞ！」

「…………」

熊八は村長が立ち去った後に壺に触れる。誰かが運んだり水を入れたのかと思ったが、中に家の柄杓《ひしゃく》が入ったままで持ち上げると壺の側面に当たりからからと音が鳴る。

……このまま運べば明らかにわかるであろう音だ。

「……訳わかんねぇ」

熊八はとりあえず休憩と水を飲めばその冷たさは未だに続いており、暑さが冷えるのを感じる。

明らかにおかしいのだが、何故か熊八はこの壺を捨てるなどの思いは浮かばなかった。

太郎と約束したからかもと熊八は思ったが、便利だという思いもあったのかもしれないと自己解釈して作業に戻り、日が暮れてくるのを感じるとまた先日のように壺を抱えて家に戻った。


その日、熊八は夢を見た。その夢の中で熊八は件の壺を抱えて歩いていた。

そして壺を村の真ん中に運ぶと何かが壺から出てきて天へ昇っていくという夢だった。

その何かは靄《もや》がかかって見えなかったが天へ昇ったそれと目があった。

熊八は目が覚めた。傍にはあの壺があり、場所が家であると分かったことで夢を認識する。

「今の、夢か……？　俺は確か、そう、村の真ん中に壺を運んで……っ！　そうだ、壺から何かがでてきたんだ!!」

夢の内容を思い出した熊八は壺から少し距離を取る。

この壺から出た何かと目があったのだ。夢の出来事とはいえ少々恐怖はある。

熊八は壺を居間の端に置いたのを確認すると朝食を食べて畑仕事のため足早に家を出た。

そして今日も畑仕事をした後に池の周りを掘っていると……。

「壺がまたある……」

先日のように壺があった。しかし、夢のこともあり昨日のように水を飲む気にはなれず、熊八はまた穴を掘りに戻ろうとすると穴の外から水をかけられた。バシャバシャとかけられる水が冷たいことから、あの壺の水だとすぐに理解した熊八は穴から飛び出た。

「誰だ!! 悪戯してるやつは……いない？」

しかし、誰もいなかった。

人影もなく、壺の中に揺らめく水と柄杓だけが動いている。

「一体だれが……全く俺は忙しいんだぞ！ ……怒鳴ったから喉渇いた」

イラついている熊八は少々乱暴な仕草で水を飲むとまた穴に戻るが、今度は水をかけられなかった。

今日も水は出なかったが日が暮れたので家へと壺と一緒に帰った。

そしてまた夢をみた。

その夢ではまた村の真ん中に壺を運ぶと何かが壺から出てくる。しかし今回は違った。

その何かは空で黒い雲を作ってその身を隠したのだ。少しして顔のようなものを出す。

ここで夢から熊八が目を覚ました。

また壺を見れば近くにある。昨日のような夢だが熊八は今日は怖がらずに壺をじっと見つめる。

そこで熊八は気づいた、この壺の模様は雲のようだと。

「青っぽい灰色に白い模様で雲みたいだ……ん？　なんだ……今、何かいたか？」

熊八は雲をじっと見ていた時にふと何かが視界の中で動くのを見た。

何が動いたとじっとして見ていれば……壺に描かれた雲の間で何かが動いているのが見えた。

「壺の絵が……動いている？　何かが雲の中を移動しているのか？」

熊八がじっと見ているとまた雲の間を何かが通る。くねくねと上下に動く動きはまるで蛇のようだ。

ここで熊八は夢を思い出した、壺の中から出たのは長い何かで雲の中に隠れたと。

もしや、夢の中の生き物は今動いているものなのかと熊八は思い、また何か伝えたいのかもしれないとも思った。ここで熊八はまた思い出した、畑仕事をしないといけないと。

「っと、いけねぇ！　壺鑑賞する暇なかった！　畑だ！」

熊八は今日の畑仕事を終えると……昨日と違うことが起きた。なんと壺が畑の近くにあったのだ。

そこで熊八はふと壺を家の中に戻してみた。そして畑に戻ると、壺は何故か同じ場所にまたあった。

熊八はここで確信した。先日からの奇妙な出来事はこの壺が原因だと。

熊八は壺の傍にしゃがむとそっと壺に問いかけた。

「お前が昨日俺に水をかけただろ」

熊八はじっと壺を見ていれば……ちゃぽんと水の音が壺から返ってきた。

どうやら返事をしたらしい水の音に熊八は太郎がいった不思議なことはこのことかと力が抜けるように尻を地面につけて座ると軽く壺を指で叩いた。

「とんでもない壺が来たもんだ、ついてくるし、水をかけるなんて……しかも変な夢を見せるとはな」

熊八がやれやれと首をうつむかせているとまたちゃぽんと音が鳴ったことに気づき、文句でも言っているのかと言おうとしたが……じりじりと日光が熱いのを感じ顔をしかめた。

「暑いなこん畜生……なんでここ最近こんな日が熱いんだよ……しかもここだけなんておかしいぜ、まぁお前は関係ないもんな、暑くなってから来たし」

冷たいわーと水を飲む熊八に隣りの家のものが水を分けてくれと頼む、どうやら貰った水はもうほとんどないようで、まだまだ量のある熊八の壺の水を見て来たらしい。冷たさに驚くがありがたいありがたいと喉を潤した。

熊八は水を分けたあと、もしかしたら他の奴も同じように水がないのではと思い、今日は池の周りは掘らず壺を抱えて村を歩くことにした。

まだまだあるからと水を分け与えていく熊八に村の者は感謝するが何故そんなにあると熊八に聞く。が、熊八もわからないので不思議な壺のせいかもと答えていった。

そして、そんなことをしていると熊八は村の真ん中に来ていた。

壺を抱えた熊八は夢を思い出すが不思議と恐怖はなく、もしかしたらという好奇心が出てきたため夢同様に壺を村の中央辺りに置いてみた。村の者達は熊八が何かしていると見ていた中……その何かは起きた。

熊八が地面に置いて、少しすると壺はガタガタと独りでに揺れ始めた。

地震等起きているわけでもないのに揺れている壺に村の者は驚きの声を上げるが熊八はわくわくとしてきたのか笑みを浮かべていく。

「つ、壺が動いとる‼」

「何か入っているのか⁉　そうなんじゃろ熊八！」

「でもさっき見せてもらったときは水しか入ってなかったぞ！」

壺の揺れはどんどん激しくなっていき、ピタリと止まる。

「え」

村の誰かが一音零したその時。

空に向かって水の柱が勢いよく上がっていった。

「なんじゃ⁉　何が起こっておる⁉」

「熊八！　お前なんなんだこれは‼」

熊八を呼ぶ声がする中で熊八は見た、水の柱の中で何かの影が天へ昇っていくのを。空へ昇るその何かと目が合ったのを。

水の柱が天へ昇った後、冷たい水が雨のように村へ降り注ぐ。そして日の光を遮る黒い雲を作り出した。

ゴロゴロとなるその雲は雷雲であった。水の柱は消えたが水は村へ降り注ぎ続けている。そう、これは雨だ。

「すげぇ!!」

熊八が今までにない光景に思わず叫べばその叫びに応えるように稲妻が一瞬空に走る。

村が突然の雷と雨に大騒ぎで、その様子を見た熊八は思わず笑うがふと夢を思い出した、壺のあの生き物は炎の何かを食らっていたと。

熊八がもしかしてと空を見渡せば黒い雲の中に赤いもの……夢で見た炎の鳥を発見する。逃げるように慌ただしく羽ばたく炎の鳥を見つけた熊八は雷雲に向かい叫んだ。

「あいつだ！　あいつがいた!!」

熊八の指示が聞こえた雷雲はゴロゴロと音を出す。稲妻に照らされた雲の中で生き物の影は泳ぎ炎の鳥へ向かう。そして炎の鳥を視界に捉えると口を大きく開けて雲から飛び出してきたことでついにその姿を現した。

雲の中から現れたのは鋭い牙を持つ白い龍。

白い龍は炎の鳥にぱくりとかみつくともがく鳥と格闘するように空で暴れる。村のものが固唾《かたず》を呑んでその戦いを見守る中で熊八だけは白い龍に声援を送っていた。

「頑張れ！　負けるな！　絶対そいつを離すなよ!!」

声援を送られている白い龍はその声に応えるように雲の中に鳥を引きずりこんだ。

雲の中で稲妻が数度光ると、白い龍がぷっと炎の羽を吐き出しながら雲から出てきた。

白い龍の勝利である。

「いよっしゃああああ！！！　勝ったぁあああ！」

龍の勝利を確信し、雄たけびを上げて喜ぶ熊八に白い龍は勝鬨《かちどき》の咆哮《ほうこう》を上げた。

互いに喜ぶ一人と一匹に村のものが茫然《ぼうぜん》とする中で白い龍は雲の中にまた入り雨を降らせた。

呆然と空を見ていた村人達は雨を浴びてようやく久々の雨が村へ降ったのだと理解し、歓声を上げて喜んだ。そしてあの龍が雨を降らせたのだと理解もした。

「久々の雨だ……気持ちいいなぁ……」

久々の雨はあの白い龍が降らせているからなのか優しく、心地よく感じた熊八は雨に打たれながらも笑みを浮かべ、喜ぶ村人を見て笑みを深めた。

そんな中、白い龍が雲から出てきて熊八についてこいと頭を動かして誘導する。

「なんだ？　まだなにかあるのか？」

熊八は雨が降る中、壺を抱えて空を飛ぶ白い龍に走ってついていくとそこは熊八が先日から掘っていた枯れた池だった。

熊八が壺を置いて池を覗く。白い龍はするどい爪を池の中央にある地面に突き立てると水がそこから湧いて出た。勢いよく水は湧き、すぐに池の中は水でいっぱいになる。

驚き声を出せずにいる熊八にどうだ？　すごいだろう？　というように熊八を見て胸？　を張った白い龍がいた。

そんな白い龍に熊八は思わず可笑しくなり大きな声で笑った。

「ははは っ！　お前、池も復活させてくれたのか!!　すごいよ本当に!!　すごいやつだ！」

そうだろう！　という仕草の白い龍に熊八はもっと笑うが、そんな熊八につられて白い龍も笑うように鳴くと突然熊八を水がたっぷり入った池に尻尾で突き落とした。

突き落とした白い龍がケタケタと笑うと水をかけられた。池の中には落とされた熊八がおり水をすくってまた白い龍に水をかけた。

「おかえしだ！　昨日もかけられたからな！」

悪戯に笑う熊八に白い龍はこちらもだと大きな巨体を彼の体に巻き付けて水の中に引きずりこんだ。しかし、命に危険が無いようにして水に熊八を沈め、熊八はなんとか出た腕で水を白い龍の顔にかけていた。

その様子を見ていた村の者は熊八が龍と遊んでおると笑って見守った。

もうこの時には突然現れた白い龍に対し恐怖もなく、熊八の友人として龍を見ていたのだった。

雨が降ったことと池の水を戻した龍を神様のようなものかと思っていたが、笑い声を上げて池の中でじゃれている一人と一匹に恐怖など湧くはずもなかったのだ。

その後、思いっきり遊んで満足した白い龍はまた壺の中に戻った。

熊八はまた家に持ち帰ろうと抱えたので村長が止めようとするが逆に村のものに止められた。

「駄目だぜ、村長」

「熊八の壺には龍が棲んでおったんじゃやなぁ」

「きっと龍は熊八を気に入って助けてくれたんかもしれんぞ、あんなになついておるんじゃやから」

「社《やしろ》建てるより熊八の所に居させたほうが喜びそうだ」

「あんな仲がいいのに離すなんて可哀そう」

「今、熊八と離すのはやめとけ」

という村の者の意見に村長は確かにと賛同し、引き続き熊八に壺を所有させることにした。

「水を司る龍のようじゃし、せめて綺麗な布の上に置くように熊八に言っておくべ」

と一応敬っています感は出しておこうと心に決めながら。

そして、熊八の家で引き続き置かれることとなった壺は熊八の友人であり、水の神様の家として丁重に扱われるようになったのである。


その三日後に突然雨が降り水問題が解決したと聞いて調査に訪れた月ヶ原義晴とその家臣達に、村長は全てそのまま話した。

楚那村から送られてきた水の入った壺の中に龍が棲んでいた壺があったこと。

その壺を所有している熊八を気に入ったのか、村を日照りの元凶であった炎の怪物から助けて、雨を降らせてくれたことを。

その熊八と壺に棲む龍は友人で、池で遊んでいたことを。

話を聞いた月ヶ原義晴はあんぐりと口を開けた後に頭を抱え、付き添いの家臣の一人はやっぱりと声を漏らして同じように頭を抱えていた。

その中で月ヶ原義晴の腰にあった刀がカタカタと音を鳴らしていたという。

話を聞いた後に月ヶ原義晴は件の壺を見に熊八の家を訪れた際に熊八に名前はあるのかと聞いた

が壺に名前など無く壺と呼んでいたことを告げられると、後世に残すためにもつけておけと言い、壺は白い龍と雲の模様から龍雲《りゅうくも》と名付けられた。

「安直な名前を……」
「熊八、お前村を救った龍の家なんじゃぞ」
「でも村長、この壺は雲みたいな模様があるだろ？　それが分かりやすいじゃゃねぇか、なぁ龍」

龍も龍呼びしていた熊八に龍にもつけろと村長に言われたことで名前を考える熊八だが、犬猫にするような名前を龍に付けようとしたので無論龍が気に入るはずもなく、その度に壺の中から水が飛んできた。

熊八が、じゃあ体が白いから白《シロ》という今までよりかはましな名前をつけ龍も妥協したことで龍の名前は白となった。

ちなみに代わりに月ヶ原義晴が名付けようとすると、すぐに拒絶するように水をかけられて凹《へこ》んでいたことを部下の三九郎は黙っていようと心にきめたという。

その後一応神様のようなものなのだからと大きな社が建てられそこに壺を納めた。勿論熊八とその家族がその社に住むことになったため彼らは離れていないが、熊八が畑仕事や子供達と遊ぶ時に必ずついて行ってしまうので熊八がいる朝と夜ぐらいしかその社にいなかったという。

◇

「すぅ……すぅ……」

草木が眠る丑三つ時、宗助も深い眠りにつくなかで亀太郎は目を覚まし、桶から脱走して宗助の傍まで歩いていった。

歩く最中に亀太郎の体は宗助を遥かに超えて大きくなり、小さな尾が蛇へと姿を変えて宗助の傍へ寄り添うように大きな体を下ろし、腹を床につけた。宗助の傍へ腰を下ろした亀太郎は尾の蛇と共に首を曲げて宗助の顔を覗き込む。

その眼差しは敵意等一切無く逆に慈愛を込めた優しい眼差しで宗助の寝顔を見つめていたのであった。

目を細め愛おしげに見つめる亀太郎はちらりと家の外に目を向けると宗助に向けていた優しい眼差しを鋭くさせ、尾の蛇も威嚇音を鳴らす。

暑いからと開け放たれているが虫よけをかけた戸板の間から月明りが優しく宗助を照らす。

しかし、戸板の陰からグルルルと唸り声をあげながら全身黒い獣が現れる。

その獣の姿を見た亀太郎は静かに立ち上がり、己の腹の下へと宗助を隠すと尾の蛇が牙を見せ獣へ威嚇を続ける。

カタカタと宗助の作った作品達が警戒するように音を鳴らす部屋の中で、亀太郎と獣の間で激しく視線を合わせ、二匹はすでに目で戦闘を行っていた。

その目での戦闘をじれったく思ったのか、それとも亀太郎の下にいる宗助を狙いにしたからか、獣は早々に亀太郎の目を狙い爪で襲いかかるが勝負は一瞬だった。

獣の攻撃を予知していた亀太郎は首を縮めて爪を躱し、爪を空振りして隙を見せた獣の横っ腹に尾の蛇がかみつくと激しく振り回したあと家の外へと投げ飛ばす。とどめと地面に獣の体がぶつかる寸前で巨大な岩を地面から生やし、槍のように獣の腹を突き刺したのだった。

断末魔を上げる間もなく黒い獣は塵《ちり》となって消え、その姿を見届けた亀太郎は鼻を一度鳴らすと庭の地面を元に戻して、腹の下から宗助を出すと先程のように優しい眼差しで傍に寄り添っていた。

早朝、枕元で眠る小さな亀太郎に宗助は優しく甲羅を撫でながら住処である桶に戻してやったという。

勿論宗助は昨晩起きていたことは何も知らない。

第八章　花簪　四季姫　桜吹雪

夏も終わり秋に入ったある日、俺の家に新しい人がやってきた。

それは村長に連れられてやってきた商人で以前に鏡を贈った隣村の村長の娘さんがいる店から来たらしい。恐らく村長が連れてきたのなら怪しい人ではないのだろう。

太郎とおゆきが俺の後ろで心配そうに見る中でその商人は明るく声をかけてきた。

「今日はお会いしていただきありがとうございます！　私常和の花衣屋から来ました邦吾《ほうご》といいます！」

話し方が関西弁訛りのその人はにこにこと俺を見ながら話していたが……狐顔で雰囲気がこう、少々胡散くさい。

後ろの二人もそう思ってるのかむっとしている気配がする。

「『胡散くさい』」

あ、正直に言ったや。二人とも素直だからなぁ。

俺も思わず頷いてしまい村長がコラァ!!　と怒るが邦吾さんは慣れてるのか苦笑していた。

「よく言われます……でも正面から私にいうた子初めてだぁ……」

「すみません……」

話す。

笑顔でこちらを許した邦吾さんは村長にこの子ら素直で良い子ですねぇとのんびりとした口調で

「気にしてないよ」

「「ごめんなさい」」

……もしかしていい人？　と思っている中で村長が今日来た用件を教えてくれた。

「宗助、前から簪を売り物用に作っとっただろう？　その話を世間話でしたら隣村の村長からあの鏡の娘さんに話がいったそうでな、是非花衣屋にお前の簪を卸してほしいそうだ」

「お咲の姐さんのあの鏡を作ったお人の簪となると大旦那様は是非店に置きたいと……一応私が確認も兼ねてお願いに参った、という次第です」

確かに前から売り物に出来るかもと簪は作っていたし、いいところがあれば教えてほしいと頼んではいたが……。

まさかこんなに早く、しかも話を聞く限りその店は中々の繁盛する店とは嬉しいが俺の簪が売れるかどうか……しかも一部の簪は遊んだのもあって、派手なのもあるんだよなぁ。

そう俺が悩んでいると後ろにいた太郎がそっと覗き込んできた。

「どうした宗助？　前々から売ってくれそうな店を探していたなら今邦吾さんに見てもらったほうがいいのではないのか？　かなり量はあったのだろ？」

「確かに売り物用は結構あるが……その派手な簪があってなぁ」

「派手？」

派手と聞き邦吾さんは少し首を傾げる。

実は遊びで派手な簪も作ってしまったと伝えると邦吾さんは細い目を爛々と輝かせ楽しそうに笑った。

「そいつは是非見たいですねぇ、宗助さんの遊んだもの……きっとすごいものでしょうから」

「期待されると困るんですけど……」

「宗助ちゃん私も気になるわ」

「俺も」

邦吾さんだけではなく太郎とおゆきのお願いに俺はまぁ売れるかどうかは邦吾さんの判断だしととりあえず作った簪を持ってくることにした。

俺は種類毎に箱に入れた簪の箱を邦吾さんの前に出すとその多さから驚かれるが、俺は気にせずまずは一本、箱から取り出した。

「これは……なんと美しいっ！」

シンプルな玉簪は蜻蛉玉で様々な模様の種類を作り、房簪には花をモチーフにしたものを多く作った。

平打ち簪は蝶や花、猫等のシルエットを透かし彫りで表現した。

またこれらに現代風に飾りの玉や房をつなげ、揺れると華やかになるものもある。

おゆきからもわぁっと歓声があがるので見た目はいいらしい。

「この玉簪はまるで夜明けの空のようで、これは黄昏の空！　この房簪はなんと美しい藤の花なのでしょう！　この猫の簪も可愛いらしい……!!　それにこの華やかな簪！　これは見たことない趣向のものですが揺れる音が心地良く髪に映えること間違いない!!」

「やっぱり宗助ちゃんのつくる簪はかわいいわね！」

「おゆきはどの簪が好きなんだ？」

興奮するように簪を見比べ、手に取る邦吾さんの隣で太郎がふとおゆきに聞く。……ほほう？

それは是非聞きたいな。いつかのために用意しないといけない。

おゆきはニコニコと今自身の頭につけている以前あげた簪を指さした。

「これが一番好きよ」

雪月花を布でつまみ細工で作ったもので白く美しいがシンプルなものだ。

おゆきは相当気に入っているのかここに遊びに来るときはいつもつけてくる。

そうかおゆきはそういうのが好きか、なるほどな。おい村長ニヤニヤするんじゃねぇ。

あ、そうだ。いい機会だから聞いてみよう。

「そうだ邦吾さん」

「あぁ、これもすばらし……あ、は、すみません、なんでしょう？」

「この玉簪もう少し華やかにしたほうがいいですか？　すこし単調な気がして……」

「え、これで!?　……いえ、このままでいいでしょう！　さらに飾りを追加してしまうと少し値段が上がってしまうのです……この玉簪ならば庶民的で使い勝手がよく、低くめの値段で売ることが出来るので需要は高いかと……あ、他のが売れないって言ってるんじゃないですよ!?」

そうか確かに飾りが多いと値段が少しあがってしまう……どうせなら多くの人につけてほしいし、この玉簪も房等の飾りをあまりつけないほうが色んな着物に合うかもしれないな。

プロの意見は素直に聞くべきだ。

「ならこのままにして……これが二本足と櫛《くし》型になります」

俺がこの二種類の簪の蓋を開ければ邦吾さんとおゆきはまた歓声をあげた。

村長と太郎はパチパチと目を瞬かせている。

「これまたすごい！」

「素敵！　すごくかわいい！」

二本足の簪は華やかな大輪の花を咲かせたものが多く、これで飾ると髪もかなり華やかになるだろうがそこまで主張しすぎないものにしている。

櫛型は木製で蒔絵《まきえ》風なもので統一した。本当は現代のようにコーム型も作りたかったが材料的に難しい、作れることは作れるが鉄で作るので頭が重くなってしまいつける娘が可哀想だ。

……さて問題のあれを出すか。

「あぁすごい！　これは姐さんが気合入れて売り出すぞ!!　こんなに華やかな簪、町の娘達は欲しがるにちがいない！　この櫛型は武家の娘だけでなく奥方も殺到するやつだ！」

「……で、これがその……派手なやつで」

「これは豊作すぎる……こほん、その箱のものですか？」

売り物用の簪の箱とは別に少し小分けにした箱がある。

そうこの中に俺が遊びで作った派手なのが入っているのだ。

いざ、と全員俺が手にした一つの箱に視線が集中する。

俺がその中の一つを開けようとした瞬間にドタドタと大きな音が近づき戸が吹き飛ぶのではないかと思うほど勢いよく開いた。

「宗助!!」

「間に合ったか！」

戸を開けたのはいつもの義晴様で後ろには三九郎さんがいた。

驚いて動かない俺に義晴様は距離を詰め、肩をつかむ。

「宗助！　商人と相談をするときに何故俺を呼ばない！　無暗に作品を卸してないよな！　契約はしてないか!?　変な店のものではないよなぁ!?」

「よ、義晴様……!?　なぜ、ここに……」

村長をギッと睨む義晴様は俺の肩をつかんだまま噛みつくように村長に答えた。

そもそもアンタは俺の保護者か？　保護者は村長なんだが。……いや、最近は義晴様のほうが保護者っぽいかもしれない。健康に口を出すという意味では。

「部下の忍びから連絡が来てな！　宗助が作ったものを商人が見に来ていると！」

「急いで駆け付けたというわけだ……間に合って良かった」

三九郎さんは先ほど見た簪の箱を見て、おぉこれはすごいと感嘆の声をあげながら太郎達の横に座り楽し気に眺め始めた。

……あの義晴様は放置ですか？　これは俺が相手をしろってこと？

そんな義晴様は俺の横にバッチリとおり、三九郎さん同様に多くの簪に目を輝かせるがすぐに見定めるように邦吾さんを見ていた。

邦吾さんは何が起きたのか分からないのかキョロキョロとしていたがすぐに理解したのかなんとも言えない顔でこちらを見ている。

「宗助さんすごい人に好かれてますなぁ……」

「ははは……本当に」

「で？　こいつ信用できるのか？　胡散くさいぞ」

「……この人も同じ性質の人やったかぁ」

力抜けるわぁ……と狐顔がフニャと先ほどより柔らかくなる。

多分邦吾さんは商人モードに入っていたのか関西弁の訛りはあれど方言を消していたみたいだが、この空気に商人モードを壊されたのか恐らく素はこのフニャリとした顔で方言も出る人なのだろう。

先ほどから素なのか訛りが出ているし。

「あ、すいません生まれの喋りでてしまいました」

「いえ、元々訛りもあったので気にしてないですよ」

「おや！　私の生まれの話し言葉をご存じで？」

「堺の地方の話し方ですよね？　昔の知り合いですが堺の人がいたからわかりますよ」

邦吾さんは一瞬キョトンとしたが、ならば久しぶりにこっちで話しますわと嬉しそうに笑った。

生まれの事を知る人がいるのが嬉しいんだろうな。

そういえば昔、いつか旅行した時に旅先で話せるようになりたいとオランダのことを勉強して、大学で留学に来ていたオランダ人のアントンに聞きに行ったらオランダ語を話せたこともだが国の事を色々知ってくれようとしてることが嬉しいとそこから仲良くなったんだっけ……。

オランダも案内してくれたしアントンの実家にホームステイしたんだよなぁ……もう会えないけどどうしているか。船関係の仕事に就きたいって言っていたなぁ。

「もういいか？　宗助も何考えているか知らないが戻ってこい」

「あ、すいません」

「ほんまおもろい人やなぁ宗助さん」

クスクス笑う邦吾さんに義晴様がジトッとした目で見てる。

多分まだ怪しんでいるのだろうか……。

「心配せんでも私らはこのお人の作品をしっかりとしたお値段で売りますよ」

「……お前、その法被《はっぴ》は花衣屋のものだな」

「小春姫様には目をかけてもらっています、また新作見に来てくださいとお伝えいただけると嬉しいです」

「俺に言伝を頼むと？　中々いい度胸だな」

「いえ、小春姫様からもし店のものが月ヶ原義晴様にどこかで会って、その時店に新作やらが出る時期だったら言伝を頼んででも必ず伝えさせるようにと依頼を受けてるんです」

「あいつめ……」

小春姫？　と首を傾げていれば太郎がそっと義晴様の従妹にあたる方だと教えてくれた。

義晴曰く中々の食わせ者で城の家臣達全員で束になっても敵わぬほど将棋の腕がいいらしい。

なるほど智将タイプな姫様か。しかも義晴様を足に使うくらいの胆の据わったお方らしい。

「まぁ、花衣屋なら心配はいらないか……」

「おや、よろしいので？」

「噂もそうだが、元々候補の中にあったからな」

……何の候補？

俺の考え等お見通しなのか俺の頭を鷲掴みぐりぐりと回される。首がとれそうだ、やめてほしい。

「お前の品の卸先だ、信頼出来る店を紹介するつもりだった」

「宗助さんは本当に義晴様に好かれてるんですなぁ」

ふふふと笑った邦吾さんは柔らかく笑っていた顔を先ほどの商人の顔に戻した。

「さて宗助さん、そろそろあなたが派手いうたやつ、見せてくれまへん？　さっきから気になって気になって」

「あ、すみません！　……どうぞ」

俺は箱の一つを開ける。

そこには白い布で出来た大輪の桜が幾度にも重なり咲く花簪が入っていた。

持ち上げれば簪についている同じ色の紐と玉飾りが揺れる。

少し季節は違うが春につければとても目立ち桜も美しいだろう。

「こいつは……なんて美しい桜や」

「季節外れですけどね」

「いや、そんなん関係ないほどに綺麗な桜です……これをつけて外歩けばみんな振り返りますわ」

「大げさだなぁ……」

そんなことない！　と邦吾さんはいう中で俺は次の箱を開ける。

こちらも同じく布で出来た大輪に咲いた向日葵《ひまわり》の花簪だ。

特に飾りはつけずシンプルだが向日葵自体が派手なのでいらないのだ。

俺は続けて残りの二つも箱から出した。

一つは竜胆の花簪。

布で出来た四輪の花が咲いているがぎゅうぎゅうに詰めたような咲き方ではなく少し間を空けて咲く竜胆の花達は薄紫色で美しく、少し葉もついており、垂れている同色の二本の紐もいいアクセントになったと俺は思う。

一つは梅の花簪。

こちらも布で、つまみ細工でつくられた小さな梅は赤と白の花が咲く。ひしめくように咲いているが互いを崩さず支えるようになっている。

鹿子《かのこ》の絞りの長い紐の飾りが揺れると美しいだろう。

この花達でわかるだろうが俺は四季の花で簪を作ったのだ。

しかしどうせ四季の花を作るならもっと派手にしようと遊んでしまい、この時代の簪にしてはすごく派手なものになってしまったのだった。

え？　秋の花は秋桜だろって？　この時代の日本には秋桜は咲いてないみたいだからな。

売りに出すのならこの時代にも咲いている竜胆にしたのさ。他のも庭に咲いていた花を手本にした。村には梅もあるし、桜もある、今は枯れたが向日葵もあったんだからそこを見本にしたんだ。

この派手な簪達に邦吾さんは唖然としてるのか何も言わず、こちらを見ている。

やはり売り物にならないか……。

と思っていたのだが、正気を取り戻した邦吾さんは是非店に卸してください！　と頭を下げ、俺と契約を結ぶことになった。

ちなみに契約は破格で簪の売り上げの半分をもらうのだが俺はお金をあまり使わない、なので俺が欲しい原材料や資材を支払われる分のお金から用意をしてもらうことにした。

例えば百万の売り上げがあり、五十万が俺に入る、その五十万から俺が希望する木材を用意してもらい、用意された木材と余ったお金を俺はもらうのだ。

正直俺はこうして貰えるとすごく有難い、何故なら山でとれるものにも限界があるのだ。

例えば布等の既製品はほぼ手に入らない、今回は前に義晴様からもらった布を使って作ったものだしな。

他にも気候的に手に入らないものもあるので是非お願いしたい。

とりあえず売れ行きを見るため一度簪と契約した書簡を持ち帰るそうなのだが、先に店への納品代をいただいた、のだが……。

「え、多くないですか……」

「いいえ！　正当な値段です!!」

だって三貫はおかしいでしょ！　一貫＝約十五万くらいの値段だからね!?

簪の数が約五十本くらいでも多すぎなのはわかるからな！

なんでそんなことを知ってるか？　生前の死んだ婆ちゃんが時代劇好きで教えてくれたし、昔のお金を集めてたから見せてもらったのを覚えてるんだ。

「いや間違えていないぞ宗助、お前の作品ならそれくらい値がつく」

「あぁ、それにお前が派手といったやつ……恐らく後々値段が吊り上がるだろうからそいつ逆に得してるんだからな」

「そんなわけないでしょう」

ないないと手を横に振っていれば全員がはぁと大きく息をついた。

なんだ、もしかして簪って高いのか？

「この人いつもこんなんです？」

「……あぁ」

「月ヶ原様苦労されていたんですねぇ……」

あ？　なんだ？　なんかコソコソ話してる……。

太郎がほら茶を片付けようなぁというので片付けるけど……なんだろう、なんかあるのだろうか？

この数日後、沢山の人を連れて邦吾さんはまた家に訪れ、契約通りに俺の売り上げから引いて用意したらしい作品のもとになる布やら木材、鉱石、あと引いた分の残ったお金（といってもかなり多い）を持ってきた。そして完売しました！　また作品を作りましたら是非御贔屓に！　と嬉しそうに言ったのだった。

そういえば邦吾さんの隣にいた美人さんの頭にあの桜の簪があったけど、よく似合ってたなぁ。

邦吾さんの言う通り綺麗なものに季節外れなんて関係なかったや。勉強になった。

◇

邦吾は堺の生まれで、この清条国には、両親が死んでしまい親戚が清条国にいたことからやってきた。

そして子供の時から花衣屋で世話になっていた邦吾はそのまま店に奉公として働くが目利きが良く愛想のいい邦吾を大旦那は気に入り重宝し、そこそこいい仕事も任されるほどの信頼を得ていた。

そんな邦吾は、次男に嫁いだ元農民のお咲を最初は可哀想にと思いながら傍観して見ていたのだが、ある日突然中身が変わったかのように美しくなり始め、この店一番の稼ぎ頭にまで上り詰めた。

そんなお咲に驚きながらも彼は心から尊敬の念を抱いていた。

己の力で美しさも人の信頼も名誉も手に入れた言わば誰もが憧れる女であるお咲。

それを見ていたからこそであり、元々この店の大旦那に恩義を感じていた彼は、自分はこんないい人達の傍で働けることがすごく幸せなのだと感じていた。

しかし、彼の幸せはこれだけじゃなかったのだ。自分はなんて恵まれた人間なのだと後に己は語る。

尊敬し姐さんと呼び慕うお咲の持つ鏡。この鏡を持ってからお咲は自分を変えることが出来たというほど美しい。その不思議な鏡を作った人が、最近作った簪を売ってくれる店を探しているとお咲の父親から情報が入ったのだ。

お咲と大旦那、次男の菊太郎はその情報に喜んで飛びついた。

是非うちに置きたい！　とお咲はすでに信頼しているのか、手鏡を手に嬉しそうにする。そんな中で大旦那もお咲の鏡の美しさや不思議な力を知っているためにわくわくとした表情でお咲の父から聞いた話を邦吾にした。

その際に邦吾に鏡の作者、天野宗助に是非花衣屋に納品をしてくれないかと依頼することと、事前にその簪がどのようなものか見てくるように頼んだ。

邦吾はこれは面白いことになったと快諾し天野宗助の住む村へ行くと、天野宗助に会う前にお咲の父に伝手を頼み、楚那村の村長に挨拶をすることとなるのだが……。

「なんやこの村、普通の村やない……」

まず畑が彼の知る中で大きくもないのに豊作で、家の構造が他所の農民の家とは全く違う。そして農民なのに何人かが根付をつけているのだが、その根付はどこかの職人が作ったのだろう。精巧で美しい造形であった。

金持ちの村？　いや、それやったら農民なんてしてないはずだと邦吾はすぐに考えを打ち切って今は村長に会いに行くべきだと足を進めた。

楚那村の村長、虎八須に挨拶し、用件はすでにお咲の父親から伝わっていたためすぐに話は理解してもらえたのだが……。

うーむと唸られてしまい邦吾はどうしたのか聞けば答えづらそうに彼は口を開いた。

「心配事があってなぁ」

「心配事？」

「宗助の作品は何かが起きるんだよ、お前さんの店に嫁いだお咲ちゃんにやった鏡もなんかしただろ？」

「えぇ、そのおかげでお咲の姐さんは店一番の稼ぎ頭です」

「……あの月ヶ原義晴様が宗助の作品にご執心でなぁ、恐らく持ち主の所在の管理はされるぞ」

「え」

月ヶ原義晴様って、あの月ヶ原義晴様のことかと邦吾が確認すれば虎八須は宗助の作ったある刀にかのお方が魅入られたらしくその刀を献上して以降もよくこの村に来るらしい。

そして天野宗助の作った作品をいつも楽しみにしているという。

「だから恐らくアンタの店に月ヶ原義晴様の監視が入っちまうぜ」

「……それはもうすでに行われているのではないですかねぇ、小春姫様が花衣屋のご常連になられていますので」

「あぁ、鏡の時点でか……」

邦吾は一応これも検討材料に入れないと、と頭の片隅に置いておくことにし早速用件のある天野宗助の元へ行くこととなった。

山道を登ることに邦吾は驚いたが意外と苦もなく登れた道であったため今日以降来た時に荷物を持っていても登れそうだと判断する。

登った後に見えた一軒家に驚くが内装の構造や日用品は邦吾も見たことのないものばかりであった。本当にここに住んでいるのは人なのだろうか。そんなことを思うほどに邦吾にとってこの家は不思議な家であった。が、すぐにその考えは変わる。

「えと……、はじめまして、天野宗助です」

実際に会った天野宗助は邦吾の想像よりも小さく、大変若い普通な青年であった。

村長曰くどうやら戦の世を嫌って山に籠っているとは聞いたがこんな若者が山に籠ってしまうなんて余程の目に遭ったのだろうと考えたが、自分は商人であると思考を切り替えた。

その後、商談はうまくいきそうだと邦吾は安心し問題は簪の出来と実際に簪を見せてもらったのだが。

派手なのもあると不安そうにしているがまずは出来次第で一度店にて検討をと考えていた。

しかし宗助が簪の箱を開けた瞬間、邦吾はこの考えを一瞬で遥か彼方に放り投げた。

目に入るのは美しい簪。単調なものでも美しい色合いと美しい絵。

透かし彫りも可愛らしいものもあれば艶やかなものまであり、房簪も己の店で並んだことのない飾りや色に目を奪われた。

何より見たことのない飾りの使い方。

玉の飾りが連なり、鎖や紐でつながれた先には玉や花の飾りが揺れる。

これをつけた女の髪は美しく華やかになり、男だけでなく女の視線をも奪うだろう。

これは必ず店に持ち帰らねばならない。

検討等という時間などない。すぐに店に並べねばならぬと彼の中の長年鍛えられた商人の勘と経験は激しく彼を突き動かしていた。

この時点ですぐに商談をまとめよう、言い値を出すと決めていた邦吾に宗助は単調な簪にもう少し飾りを増やすべきかと問うた。

これには邦吾は驚いた。ここまで素晴らしいものを作りながらもこちらに意見を聞こうという姿勢があり、より良くしようとしていると。

腕のある職人は誇りがあり、店が出す要望を聞かぬ時があるのだがこの素晴らしい腕の職人は聞いてくれるのかと。

邦吾はすぐに相談された簪を手に取るが首を横に振り、このままでいいと言った。

飾りを増やす分値段が上がるのもあるがこの美しい簪を自分の感性で壊すなんてしたくなかったのだ。

宗助は納得すると次の箱から簪を取り出す。これも素晴らしい出来と美しさに邦吾はこんないいものを見れるなんて来てよかったと思っていた。

そしてこの職人の作品に魅入られた月ヶ原義晴に同意してしまう。これは一度魅入られたら抜け出せないだろうと。

その後にその月ヶ原義晴が乱入してくることに驚いたり、生まれ故郷の堺を知っているらしいという少しうれしい話題が出たが、邦吾はそれよりも宗助が遊んで派手にしてしまったという簪を見たかった。

あの素晴らしい出来の簪達を差し置いて派手と称したものはどんな作品なのだろうか。

ワクワクと心待ちにする中で宗助がついに件の箱の一つを開けた。


箱を宗助が開けた瞬間、邦吾は桜の匂いと花弁に包まれた。

ハッと一瞬気を失うような感覚になり辺りを見回せば、前にあるのは箱に入った桜の簪。

その美しさに思わず邦吾の呼吸が止まる。

布で出来ているのにまるで本物の桜のような錯覚に陥ったが、宗助が持ち上げたことでさらりと簪から垂れる飾り紐が揺れ、カランと玉同士が打つ音に現実に引き戻された。

「こいつは……なんて美しい桜なんや」

ようやく絞りだしたその声は宗助の耳に入っており、季節外れだというがそんなこと全く関係のないほどに美しかった。

何故なら己が今、この桜に魅入られているのだから。

そして次々と箱から出される花簪。

箱から出るたびに模られた花の匂いと花弁が邦吾を包みこむ、邦吾はふと周りをみれば周りも魅入られているのか声も出せずただただ簪を見ていた。

そんな中だった。また桜の匂いと花弁に包まれ、桜の花びらが集まったと思えばそこから白魚のような手が現れ、邦吾の頬を撫でた。

《妹達をちゃんといい人に売って頂戴ね？》

桜の中から現れた桜の美しい着物を着たとても美しい黒髪の女は優しく邦吾の頬を撫でると正に桜のように小さく美しい微笑みを浮かべ消えていった。

暫く呆けてしまったが邦吾は意識を取り戻した後に宗助と契約を結び、簪を全て持って店に戻ったのであった。


「若、よかったのですか？」

「あぁ、あの簪はあの店に行きたがっていたみたいだしな……しかし、なんで宗助はあれが見えないのか……すごい光景だったな」

邦吾はあの桜の黒髪の女しか見えてなかったが、二人の目にはあの場には多くの女がおり、全員が宗助を囲んでいたのが見えていた。

しかもそれぞれが様々な美しさを持つ美女だ。

「まるで宗助が遊郭《ゆうかく》の女に囲まれ侍《はべ》らせているようでしたね、恐らく簪だとは思いますが……あいつと腕を組んだり背に寄りかかっていたり、髪を撫でつけているのもいましたねぇ……」

「しかも全員が別嬪とくれば、並みの男なら大喜びしそうな光景ではあったな……」

まさにハーレムの状態であったが宗助は全く見えなかったようで動じず邦吾に応対していた。

しかし周りにいた美女達はそれを気にせず、宗助の傍にいれるのが嬉しいのか彼に甘えるように顔や体に触れたり、笑顔で彼の顔を覗き込んでいたりしていた。その中で宗助の傍にいながらもじっと邦吾を見ていた四人がいたのである。

この四人は特に美しく、別格と言わざるを得ないほどであった。

「特に美しかったあの四人は恐らく……」

「最後の花簪達だな、間違いなく」

それぞれが模られた花の着物を着ていたこともそうだが圧倒的な存在感と振る舞い、座っているだけでそこらの男どころか女も近づけぬほどの美しさが宗助の傍にいたのである。

その中で桜の服を着た美女は邦吾を気に入ったのか顔に触れていたので、そこで義晴はこの簪達はこの男に任せることにしたのである。

しかしこの花簪だけは必ず後の所有者を特定しておかないといけないと判断したのではあるが。

「今回は何をしてくれるのか楽しみだ」

天野宗助と会談した後にすぐさま店へ興奮しながら戻ってきた邦吾の姿に大旦那だけでなく店の者は皆驚いたが、彼が持ち帰った簪を見せれば納得するように頷き、契約に持ち込んだ彼を褒めて労わった。

◇

すぐに簪を売る場所を作り売り出せば……簪はすぐさま常和の話題となった。

簪が美しいのもあるが何よりもこの花簪四つの異様な美しさが話題になったのだった。

だが全員が魅了されたのにも拘らず何故か皆、自分は相応しくないと手に取るのをやめ、眺めているだけであったという。

そのため買い物をした後、客達は花簪の前に立ち止まり暫く見ると満足して帰るばかりであった。

そんな美しい花簪達を大旦那は少し困った顔をしながら見ていた。

なぜならこの簪達のおかげで客が増え売り上げが上がって嬉しいのだが、商店なので商品は早く売れてほしいという思いもあった。

「美しすぎるのも罪ってやつなのかねぇ」

「他の簪はすぐに売れましたが……この簪は中々手が出ないみたいですね」

「値段も他のより高いというのもあるが……この簪にはどこか不思議な魅力があるんだよ……もしかしてつけるべき人を選んでいるのかな?」

ふうむと腕を組んで考える大旦那に邦吾はまさかと返そうとするが宗助の家にて見せてもらった

際に現れた幻の女、邦吾はあの桜の簪の化身と思っている女はいい人に売ってほしいと頼んできたことから一応買われることを望んでいたようだと思い出した。

「多分簪もいい人に選んでほしいんですよ」

「……そうだね、お咲の鏡を作った人の簪だ、いい人に巡りあいもしかしたらお咲のようにいい縁をもたらせてくれるのかもね」

「そうだといいですね」


邦吾は暇な時間が出来るとあの桜の美しい化身を思い出していた。

黒髪で白魚のような美しい肌と正に桜のような色の瑞々《みずみず》しい唇、瞳は黒色だが優しい眼差しとその眼差しによく合う優しい顔と声。そして桜が描かれた桃色の美しい着物。

そんな美しい女に頬を撫でられ、恐らく他の簪の事だろう妹と女自身を任されたのだ。

その姿を、時を思い出すと邦吾は思わず長く一息を吐いてしまう。

そして思い出す度にまた会えないだろうかと思い耽るほどに、あの化身は美しかったのである。

そんな姿を店の者は勿論気づいており、心配そうに見ていたのであった。

「(邦吾の奴どこかのお嬢さんに惚れたのか?)」

「(みたいだなぁ……)」

「(でもあの感じだと恐らく高嶺の花な方なのかしら……あんなため息つくなんて)」

「(そいつは……あいつも言えんだろうなぁ……)」

「(しばらく見守りましょう、あの子の中で恋が消えるまで)」

そして何故か失恋確定のような扱いで哀れまれていたのであった。

元々邦吾は行動派の人間であり、仲良くしたい相手にはすぐ話しかけるし、行きたい場所にはさっさと行く性格の人間なのだ。そんな邦吾が溜息をつき思うだけの相手。

それは彼が手が届かないほどの娘なのだろうと。

応援しようにもその相手が何処の誰か分からないということもあったが店の者は皆邦吾の恋の行方を気にしながらも穏やかに解決されることを祈った。


店に簪を出して十日目。

常連の一人である月ヶ原家の姫、小春姫が来店された。

事前に来店の知らせを受けていたので店側は大混乱にならないように開店時間を調整し、お咲は迎えるため余裕を持って店先へ対応に出た。

お咲が出て少しするとお忍びとはいえ姫のため護衛、従者、牛車を引き連れて小春姫が店の前に現れた。

小春姫は出迎えたのが彼女のお気に入りであるお咲とわかると笑みを浮かべた。

「お咲、また来ましたよ」

「小春姫様! いらっしゃいませ」

「えぇ……して噂の簪はどこに?」

「こちらへ」

お咲が花簪の前に案内すると小春姫はお供と共にしばし立ち止まり、簪に魅入る。

そしてハッと我に返ると楽しげに笑った。

「これはすごい、なんて美しい簪でしょうか」

「はい、私達もあの美しさはいつ見ても慣れぬほどに美しいのです」

「……しかし、私はあの簪達には相応しくないようですね」

「え、小春姫様でも⁉」

「えぇ、……でもあの向日葵の簪を頂けないかしら」

向日葵の簪を指して小春姫は楽し気に微笑んだ。

突然のお買い上げにお咲はすぐに持ち帰りの準備をさせるが先程自分は相応しくないと言ったのに何故と考える。その考えを読んでいた小春姫はふふっと小さく笑う。

「私がつけるのではないのです。実はこの向日葵の簪を見たときに黄奈姫《きなひめ》の顔を思い浮かべました……」

「黄奈姫……隣国、汐永国《せきえいこく》に嫁がれたという姫君の名ですね……」

「えぇ、昔から親交がありましてね、近くに来てくれて嬉しいのですが……最近は嫁いだせいなのか誰かに遠慮するように大人しく……しかし、本当はあの子はとても明るくこの向日葵のように笑う子なのです」

小春姫は箱に入れられた向日葵の簪を上から覗き込む。

そして祈るように声をかけた。それは心から友を思う気持ち。

「不思議な美しさをもつ簪さん、どうかあの子をあなたのような明るくかわいい笑顔に戻して頂戴」

そう声をかけた時、店の中にふわりと向日葵の香りが広がった。

まるで向日葵の簪が返事をして芳香を放ったように。

「姫様、きっとこの簪は黄奈姫様を笑顔にしてくれますわ」

「えぇ、今私もそう思ったわ……この簪はあの子を向日葵のように戻してくれると」

そうして小春姫は向日葵の簪の入った箱を大事に抱え、店を出たのであった。

「義晴があの職人を傍におく理由が少しわかったわ」

そう言葉を残して。

残る簪はあと三つ。

大輪の向日葵がなくなった棚は少し寂しいがそれでも簪は見劣りせず美しくそこにあった。

「売れましたね」

「売れたな」

もしかしたら全て近々売れるのでは？　と顔を見合わせる大旦那とお咲の勘は見事に的中する。

小春姫が向日葵の簪をお買い上げした翌日、ある国の若い侍が竜胆の簪を買っていった。仕事でこの国を訪れたらしいその侍は簪を土産にするらしい。

誰に贈るのかと店の者が聞けば妻に贈るのだと。この簪を見た時、妻の髪によく似合うと思ったと照れながら侍は答えたという。

そしてその日の閉店前に梅の簪が売れた。

買ったのはこの店の近くにて店を営む酒屋の大旦那。

誰にやるのかと大旦那に聞けば、店に嫁いできた息子の嫁にやるのだという。

器量がよく可愛らしいのに自分に自信がないそうで、息子も醜いと言って苛めていることでさらに自信を無くしていることを不憫《ふびん》に思っており、お咲のようにとはいかないが彼女に変わってほしいと願って買ったのだと。


そして残るは……桜の簪。

「一日で売れましたね」

「あぁ、残りは桜のみ……なんか寂しいなぁ」

「でも親父、それでも桜は綺麗だな」

「うん、確かに綺麗だ……この調子で明日に売れるといいが……」


その翌日……少々煩《うるさ》い、いや大変煩い客が来た。

どこの町にも少々厄介なものはいるだろうがこの常和の町にも一人はいるものだ。

「えぇーーー!!　もう人気の簪無いの!?」

「はい……売り切れまして……あとはあの桜のみでございます」

「なにそれーー！」

甲高い声で騒ぐ女の名前はお紗江。

この町にて一番大きく古い店の娘であるためにこの辺りではだれも逆らえず、そのため何をしても許されると、とんでもない我儘娘として育ったのだ。顔は普通なのだが派手な着物と厚化粧をいつもして、己は美しいと日々周囲に自慢するように話していた。

お供に連れているその妹の名前はお澪。

姉とは反対に謙虚で気弱だが優しく、薄化粧に無地の着物でありながらも美しく、儚げな美人であった。彼女は姉に逆らえず苛められていることで有名である。

何故なら店を継ぐのは姉……正しくは姉の夫だが、姉が店では店主の次に偉く次女であるお澪は嫁入りすることで役に立つと常日頃父と姉に言われ育ったのであるからだ。

「桜って……季節外れじゃない！　それに売れ残りなんていやよ！」

「姉様、そんなことというのは……」

「うるさい！　あんたは黙ってなさい！」

咎めようとしたお澪をお紗江は鋭い音を立ててお澪の頬を叩いた。

店内の女性は悲鳴をあげ、買い物に来ていた親子の親が子供に見せないように視界をふさぐ等騒ぎになっていることに気付き、お澪は赤く腫れた頬を気にせずすぐに起き上がりすいませんと謝る。

それは姉に対して、そして迷惑をかけてしまっている店と買い物に来ている客たちに対して。

「ふん！　……まぁいいわ！　なら反物を見せなさい！」

「……はい、わかりました」

店の者が反物を揃える合間にお紗江は店のものを見て回る。

お澪は腫れた頬をそのままにお紗江の傍に立っていた。まるで側仕えのように。

これは彼女達にとってはいつもの光景だった。


しかし今日は違った。

一人の男がお澪に駆け寄った。

「お嬢さんこれ使って冷やしてください」

お澪がその男のほうを見れば花衣屋の前掛けをかけた狐顔の若い男……邦吾が手拭いを差し出していた。

実は邦吾はこの二人のことを名前は知っていたものの会ったのは初めてだった。

が、お澪に対して行われた仕打ちを初めて目にし、邦吾は腫れた顔のお澪を見た瞬間に彼女をこのまま放ってはいけない、彼女をすぐに助けるのだと自身の心の奥から声がして、邦吾はお澪に頬を冷やしてくれと水につけた手拭いを渡したのである。

店の者は邦吾の行動に驚いたが、その中で大旦那はすぐに邦吾がこの二人とは客として今まで会ったことはなかったと思い出し、優しく接する邦吾に感心しながらも少し離れた場所からその様子を見ていた。

彼の長年の商人の勘なのかわからないが何かいいことが起こると不思議な予感がした彼は邦吾の動向を眺めていたというわけである。

お澪は初めて親切にされ固まる中で、お紗江はニヤリと笑い邦吾の手から手拭いを奪うとわざわざお澪の頬に投げた。

手拭いが顔に当たり、小さく悲鳴を上げて倒れるお澪にお紗江は腹を抱えて大笑い。辺りが静まり返り、お紗江をどのような目で見ているのかも分からずに。

「こんなのでこけるとかお澪よわすぎ〜！　やっぱあんた暇つぶしにいいわぁ〜！」

反物が用意されるまでの暇つぶしに自分の妹を虐げたのだ。

この所業に流石にこたえたのか涙を流し震えるお澪を見てお紗江はさらに声を大きくして笑う。

まさに悪辣。まさに非道。

誰もがこの女殴ってやろうかと睨むが、殴れば彼女の父親が黙っていないため殴れない。一度注意したものが過去にいたがその者は彼女の父親の手によって路頭に迷い姿を消したのだ。

全員が怒りを耐える中、邦吾はお澪に手を差し伸べて立ち上がらせると、彼女に断りを入れて着物の裾についた土を払った。

お澪は男性に手を差しだされることもこのように優しくされることもなかったために突然起きた初めてのことに頬を赤くし、オロオロとしていた。そんなお澪に邦吾は思わず可愛らしい反応だと噴き出して笑ってしまう。

そんな笑った邦吾を間近で見たお澪は自分が笑われたことだけは理解し、恥ずかしさから手で赤くなった顔を隠してしまったがその仕草にさらに邦吾は笑いが込み上げ、必死に笑いを耐えようとするが肩を震わせてしまう。

それをすぐに察知したお澪は笑うのをやめてほしいと視界に入った邦吾の腹を慌ててパシパシと軽い音を立てながらはたいていた。

その抗議は邦吾には全く効いていないために邦吾はさらに込み上げてくる笑いを耐えるためにさらに体を震わせ、最終的にはお澪が抗議しようと顔を上げ目が合い、二人は顔を互いに見ると小さく噴き出し、笑っていた。

殺伐とした空気の中で二人は何故か互いに柔らかく温かいものが胸の中に流れ込むのを感じ、初めて会うはずなのに傍にいて心地いいと思いあっていたのだ。まるで長い間共に道を歩んだような安心感を二人は互いに抱いていた。

二人の突然の甘い空気に周囲は驚くが、ピリピリとした空気が和らいだため思わず笑みを浮かべながら二人を見守っていた。

……この事が起きた元凶以外は。

それはこの甘い空気に不快感を隠すこともなく顔に出していた。

お紗江はこの性格から男どころか女も寄り付かない、それなのに妹がいつものようにいじめた後に初めて出会った見ず知らずの男に優しくされ、楽しげにじゃれあっているのだ。彼女はお澪に起きた恋の気配が気に入らず、ぶち壊してやるとその顔を歪めて笑う。

「何あんた、そいつ好きなの？」

「……女性を土で汚したままにするわけにはいきませんから」

邦吾の返答が気に食わなかったお紗江は鼻息を荒くしながらお澪を睨みつける。

「お澪もいい気になってんじゃないわよ、ちょっと優しくされたからって……あんたなんて嫁に行くしか能がない役立たずなんだから！　自由に恋愛なんて出来るはずないのよ？　あんたはどっかの死にそうな爺に嫁がせて遺産を継がせる予定なんだから！　勿論その遺産はうちのものだからね？　いい？　あんたは私達の店のために一生を尽くすのよ？　わかった？　ってあんたに拒否する権利は無かったわね!!　あははははははっ!!」

顔を醜く歪めて笑い、聞いてもないのにベラベラと話し出すお紗江、お澪はそのことを初めて聞かされたのか白かった顔がさらに青くなり様々な感情が湧き上がるが耐えるように唇を噛み、拳を握る。

そんな姿に邦吾は思わず体が動き彼女を後ろに庇った。

「……へぇ、そいつ庇うの？　あたしに逆らうの？　このあたしに？」

「こんなこと聞いて放っておくわけ無いやろ、人としてあかんわ」

邦吾はなぜここまでお澪を庇うのかはわからない。

名前を知っている程度の存在であったのに、なぜここまで心惹かれるのかさえも。

それでもこのままでは彼女は涙を流し、絶望の中で一生を生きることになる。それだけは嫌だった。

己の人生を棒に振ってもいい、彼女を助けたい。邦吾は不思議な使命感で動いていた。

「へぇ、じゃああんたをつぶしてあげる……その前にお澪はお仕置きしなきゃね、私を不快にさせたんだもの」

「っ、やめて姉様！　この人は関係ない！　この人に手を出さないで！」

「聞いてなかった？　私を不快にさせただけで死刑よ、さぁまずはあんたの地味顔を私が綺麗にしてやるわ」

ニタリと笑って近くにいた店の者が持っていた反物巻き棒を奪い、お澪へ一歩踏み出したお紗江。

お澪はお紗江がしようとしていることに気づき、頭を抱え自分を守るようにしゃがむと同時に気づいた邦吾が咄嗟に守るように彼女の細い体に覆い被さった。


棒を振り上げたお紗江に誰もが二人が殴られるとそう思った時、桜の香りが彼らを包んだ。

《それ以上は見過ごせないわ》
邦吾は聞いたことのある声に顔を上げれば……店中に桜の花弁が舞っていた。
美しい桜に店中の人間が見惚れる中であの声が響く。
《まぁなんて醜い心、そんなに心が醜いと姿も醜くなってしまうわよ》
「だ、誰よ!!　何なのこの花、邪魔なのよ!!」
桜の花弁は邦吾達を優しく包む、邦吾の目には花弁の中から現れ、お澪の肩に優しく手を乗せて微笑むあの黒髪の女が映っていた。

女はニコリと邦吾に微笑むとお澪の髪を手で優しく梳《す》いた。
《健気で、不条理に耐えた可愛い子、私があなたを桜の如く咲き誇らせましょう》
女はそういうと桜の花弁へ姿を変えてお澪を包んだ。
その時、邦吾は見ていた、お澪の姿が変わっていくのを。

お澪の髪が独りでに結われ、あの桜の花簪が差されると薄汚れた無地の着物が綺麗な淡い桃色に色づき桜が咲いた。

赤く腫れた頬は治り、薄化粧だったお澪の顔は白雪のような美しい肌となり、桜が咲いたように頬が、唇が、桜色で彩られる。

血色が悪く白かった爪も桜色に塗られ、履いていたボロボロの花下駄は桃色の可愛らしいものに姿を変えた。


桜の花弁が晴れるとそこには正に桜を身に纏う美しい女がおり、周りは突然現れた美女といなくなったお澪が同一人物だとは分からなかったが、邦吾はそこにいるのはお澪であると知っていた。

そして身近にいたからこそお紗江もすぐに桜を身に纏う女がお澪だと分かったのだった。

「な、なによその姿！！？　なんでいきなりそんな綺麗な着物を着てるのよ!!」

「え？　……え、なに、これ……」

お紗江に言われ自分の着物が変わっていることに気づくお澪は何が起きたのか分からず辺りを見

回せば自分に視線が集まっているのを理解し、大勢の人の目に慣れていない彼女は思わず目の前にいた邦吾の体に引っ付いて隠れてしまう。

隠れられた邦吾は彼女が胸に飛び込むように引っ付いたことでふわりと桜が香り胸を大きく高鳴らせ固まっていたが、遠くで離れて事をみていた大旦那が早くお澪を守れと身振りで指示を出したのが見え、邦吾は彼女を抱きしめ体で隠しながらお紗江から距離をとった。

お紗江はその様子にさらに激昂し、怒りで言葉が出ないのか理解出来ぬ言語と罵声であろう声を店に響かせながら地団駄を踏んでいた。

顔を歪めていたせいなのか塗り固められていた化粧が剥がれるのを知らずに醜くお澪を罵るお紗江は持っていた棒を振り回し始めた。

店の中で暴れるお紗江に流石にまずいと店の者が止めようとするが持っている棒により彼女に近寄れない。

誰かこの女を止めてくれと誰もがそう思ったとき、ある二人の男が店に入ってきた。

「おやおや、これはひどいですなぁ」

「お紗江……!!　お前は何をしているのだ!!」

「お、お父様……なんでここに!?」

お紗江に怒声をあげる男はお紗江とお澪の父……苧環《おだまき》屋の店主だった。

父親が店に入ってきたことでお紗江は動きを止める。すぐさま近くにいた奉公の娘が棒を取り上げて逃げた。

お紗江は鬼の形相で逃げた女の奉公を睨むが女はすでに別の店の者に匿われ、店の奥へ消えていったのだった。

「返しなさいよ!!」

「あの棒で何をする気だったのかな?」

苧環屋の店主と一緒に店に入ってきた男は棒を返せと喚くお紗江に優しく尋ねる。

男は身なりのいい服と刀を持っているため侍のようだと判断するお紗江だが、ここで一番偉いのは父で、娘である自分のほうがこの侍より偉いとすぐに相手を見下すような目で、侍を見てお紗江はまたも歪んだ笑みを作り邦吾に守られているお澪を指さした。

「何ってあそこにいる妹にお仕置きするのよ！　私を不快にさせたのだから当然じゃない！　勿論あいつを守っている男にも制裁はくわえるわ！」

「何故君を不快にさせただけでお仕置きなんだい？　それに彼は彼女を君から守っているだけじゃないか」

「は？　あいつは苧環屋のために老い先が短そうな爺に嫁がせて遺された金をうちに持って帰らせるだけの道具よ？　爺以外にも嫁がせて他の店と交渉させるためだけのただの道具が私を不快にさせるなんてダメに決まっているじゃない！」

お紗江は息を荒げ、ベラベラと話す度に苧環屋の店主の顔が青くなるのを知らず、お澪が如何に自分に従順であるべきか、自分が如何に偉いかを語る。

語る度に話を聞いた男の目が冷たくなるのを知らず。

その後、満足げに語ったお紗江に苧環屋の店主はようやく正気を取り戻し、彼女を殴り飛ばす。

「この、大馬鹿ものめが!!」

「お、おお父様⁉　なん、なんなのですか⁉　私を殴るなんてひどいわ！」

「この恥さらしめ……！　はっ、瑠璃助《るりのすけ》様！　これは娘が勝手に言っているだけですので!!」

「でも父様、いつも、むぐぐ！！！」

大慌てで取り繕うように笑い、お紗江の口をふさぐ苧環屋の店主だが瑠璃助と呼ばれた男は真冬の雪の日よりも冷たい目で苧環屋の店主とお紗江の親子を見ていた。

「姫様と若から依頼されて調べていたが、ここまでひどいものだったとは……苧環屋、お前の店には今後一切我が藩はものを頼むことはないだろう……花衣屋、話があるのだがいいか？」

「……奥の間に案内します、菊太郎案内をしなさい」

突然のことに大旦那は慌てず冷静に対処する。その姿に瑠璃助と呼ばれた男は感心するように頷き魂が抜けたように座り込む苧環屋の店主を尻目に店の中へ足を進める……そして邦吾の腕の中から事を見ていたお濘へ顔を向けた。

「あぁ、その前に……そこのお嬢さん、確かお濘さんか……君は苧環屋の娘ではないよ」

この瑠璃助の言葉に苧環屋の顔は蒼白に染まった。

「……え？」

「そこの苧環屋はある店の娘だった君の美しさに幼い頃に目をつけて無理やり娘として攫ったんだよ……確か木崎屋という店の娘として生まれたはずさ」

これは最近分かったのだけどね、と告げた彼は菊太郎に連れられ店の奥へ姿を消した。

突然の真実に唖然としたまま残されたお澪や邦吾を放って。

ようやく話を理解した大旦那は涙を流しながら顔を手で覆いしゃがみこむ。手の間から零れる声には悲しみと怒りがこもっていた。

「お、大旦那様⁉」

「あぁ、なんてことだ……！　あいつら、こんなこと黙って死ぬなんて……‼　あぁ畜生……畜生め！」


邦吾は以前、木崎屋の店主とは酒飲み仲間で大変親しい仲であったのだと大旦那から聞いたことを思い出した。

店が違えども親友のように仲良く、共に店を繁盛させようと切磋琢磨しあった友は突然娘が亡くなったことで絶望し夫婦で心中したのだと、その時は涙を枯らすまで泣いたのだと悲しげに語る大旦那の姿を。

しかし、真実は違った。

娘は死んだのではなく奪われたのだ。この苧環屋に。

しかもその娘が悲惨な目にあっていた、大旦那は友の娘を道具のように扱ったのだという事実に底知れぬ怒りが込み上げた。

そして友が娘を奪われるという悲劇を知らず、失った友が絶望にいた時に助けられなかった己に怒りと悲しみが込みあげたのだ。

友を死なせ、その娘を虐げた苧環屋へ怒りにより、まるで鬼のような顔となった大旦那の視線の先には魂が抜けたように地面に膝をつき、顔面が青どころか白くなった苧環屋の姿があった。

「あぁ、終わった……もう終わった……」

「と、父様？　なぜそんな」

「瑠璃助様はこの国の財政を任されたお方……そんなお方に見放されてしまったら店はもうやっていけない……お紗江、お前はなんてことをしてくれたのだ……!!」

お紗江は顔を真っ青にするがもう遅い、取りつくろうにも大衆の目の前で見放されただけでなく罪が明らかになったのだから。

しかし、ただでは転ばないのがお紗江だった。守られたお澪を見て最後の抵抗で道連れにしようと口を開くがその前にまた桜が香り、桜の花弁が彼女を包んだ。

《まだやろうというの？　なんてしつこいのかしら……二人の目出度き門出を邪魔はさせないわ》

桜吹雪が突如お紗江を襲う、とても目を開けられず立っていられないほどの量の桜吹雪は苧環屋の店主もろとも店の外まで吹き飛ばした。

《お引き取りを、二度とこの二人に近寄らないで頂戴》

店の外にまで吹き飛ばされた二人は店前の大きな通りに転がった。

突然店から転がり出てきた二人に周りが好奇の目で見ている中、起き上がった二人に近づく者がいた。

それはこの店の看板娘であり花衣屋一番の売り上げをたたき出す女商人のお咲であった。

実はお咲は所用で店を離れていたのだが丁度店に戻ってきた所だった。

「あら苧環屋さんのお二人ではございませんか、どうしたのですこんな店先で転がって？」

何も知らぬお咲は店の中から突然二人が転がるように出てきたのを見たために何があったのかと聞いたのだがそれを聞いたお紗江は掴みかかろうと彼女に手を伸ばした。

お紗江はお咲が農民の生まれでありながらも商人として成功しただけでなく美しく評判のいい彼女を妬ましく思っていた。

そんな彼女が今、目の前にいる。

先ほどのお濤は邦吾という店の男と変な桜の花弁に守られていたが今のお咲は丸腰で誰も守るものはいないとお紗江は思ったこと、そして父の威厳が無くなり彼女のプライドが粉々に壊れて正常な判断が出来なかったことから、お紗江はお咲だけでも傷つけてやろうとしたのだ。

しかしお紗江の手がお咲に届く直前にとてつもない寒気を全身で感じお紗江の動きは止まった。

その原因はお紗江の目には映っていた。

《お咲に手を出すな、下種《げす》が》

お咲を後ろから抱きしめるように立つ、葵の柄が入った十二単を纏った濡れ羽色の髪の美しい女がお紗江をじっと見ていたのだ。

動くなと目で語るその女はすぅっと指先をお紗江に向けると何かを断ち切るように横に動かした

のであった。

するとお咲の後ろから男達が現れた。男達はこの地域の治安を守る同心達で騒ぎを聞きつけやってきたのであった。彼らが来たことで店先の騒がしさに気づいた大旦那が店から出てきた。

「お咲さん！　何があった⁉」

「おや、お咲お帰り……あんたらまだいたのか」

店の前にいまだ転がる苧環屋の店主とお咲につかみかかろうとした様子のお紗江の姿を見た大旦那は冷たく二人に言い放った。

これにはお咲だけでなく同心も驚いたが大旦那はお咲を傍に寄せると中に入るように押した。

「お父様この方は苧環屋さんですよ？　そんなことといって……」

「私の友人の娘を攫い、虐待したやつにそんな口をきけるかい……お咲、お澪という妹分が増えるよ、挨拶してきなさい」

「え、攫いってそれに妹分とは何のことです⁉　一体何があったのですか⁉」

いいからいいからと店の中へお咲を押し込んだ後、大旦那は呆気にとられる同心達に詳しくすべてを話すと、彼らを店先から引き離したのであった。

店の中は荒れており状況が全く分からないお咲に奉公人達が報告した。

この騒動のことを。そして、苧環屋の二人が追い出されたあとに大旦那はお澪をこの店で引き取ると決めたのだと。

亡き友人の残した娘を今度こそ守りたいと話す大旦那に邦吾だけでなく店の者も反対しなかった。

お澪はそういうわけにはいかないと断ろうとしたが大旦那はならばと代替案を提案した。

「なら邦吾の嫁さんとしてここで働けばいいだろう」

「え⁉」

「は、ちょ、お、大旦那ぁ⁉」

まさかの提案にお澪だけでなく勿論邦吾も驚くが店の経理担当はいい案だと声高らかに笑い、流石大旦那様と店の奉公人達は騒ぐ。そんな彼らを見ていた店の中にまだいたお客達までも賛同の拍手を鳴らした。

実は大旦那と店の者は邦吾の恋する高嶺の花の思い人はお澪だと勘違いしていた。

先程の騒動の際に邦吾がお澪を守ろうとする姿から邦吾がどこかでお澪と会い惚れていたが苧環屋の娘であった故に伝えられなかったのだろうと。しかも二人の雰囲気が中々にいい。

これは邦吾の恋を叶える絶好の機会だと大変無理矢理であるが二人をくっつけようとしたという訳なのである。

「なんだ邦吾、お澪ちゃんを嫁にするのは嫌とでも言うのか？」

「嫌なわけやない‼　大変綺麗で自分にもったいないくらいです！　……あ」

「ならばよし、お澪ちゃんもいいだろう？」

思わず言ってしまった邦吾は嵌《は》められた！　と怒りやら驚きで体がプルプルと震えるが大旦那と邦吾の発言に顔を真っ赤に染め両手で頬を隠すお澪が視界に入った瞬間に怒りは風船から空気が抜けるように消える。

実際に邦吾は髪に桜を咲かせた美しいお澪に見惚れた、いやすでに惚れていたのであったのだから。

立ち尽くす邦吾にお澪は恥ずかしそうにしながらも頭を下げた。

「ふ、不束者ですがよろしくお願い致します……」

この後、花衣屋は歓喜の声に沸いた。

店の奥に案内された瑠璃助は聞こえてくる声に楽しげに微笑むが、相手をしている菊太郎は早く親父来いと祈っていたという。


その三日後、苧環屋はこの事件が大きく広まり信用を無くしただけでなく月ヶ原家から見放されたことで店を畳むこととなり、ある夜に逃げるように常和から消えたのであった。

その後彼らを知るものは誰もいない。


そして桜の簪を頭につけ、元気になったお澪が笑顔で花衣屋にいた。

儚げ美人と呼ばれたお澪は、今は桜美人と呼ばれ花衣屋の看板娘の一人としてお咲の補佐として働いている。彼女もまた自分を拾ってくれた店と大旦那、そして愛する旦那のためにお咲の下で勉強し、元気に働くのであった。

そんなお澪の頭には大旦那とお咲から祝いの品として彼女に贈られた桜が誇るようにいつも咲いていたという。

邦吾はせめて簪の代金を払おうとしたが大旦那は一切受け取らんと頑なに拒んだどころか二人の

婚姻の儀も花衣屋でやると費用から道具まで全て用意したため、今後も店に貢献することで大旦那、もとい花衣屋にこの恩を返していこうと心に決めたのであった。

そして数日後、二人は他の奉公人達と一緒に売り上げの一部と色んな品を持って簪の制作者、天野宗助の元を訪れたのであった。

きょとんとした彼に邦吾は今の幸せを表すような笑顔でこう言った。

「おかげさまで簪は大繁盛で完売しました！　また作品を作りましたら是非花衣屋を御贔屓に！」

◇

瑠璃助は花衣屋を出た後、義晴の部屋にて部屋の主義晴、小春姫、三九郎と共にいた。

花衣屋で起きた事を話す瑠璃助にご苦労と言葉をかけると義晴は眉間を指で揉み、小春姫はふぅと一息ついた。

「なるほどやはり苧環屋の話は本当であったのか……」

「はい、お澪嬢はどうやら他の店等のものと婚姻させてその資産等を奪わせるために攫ったと……またお咲さんにも手を出そうとしたと調べにてわかりました」

「屑《くず》だわ……はぁ、お咲もそんな店に狙われるなんて……また様子を見に行ってあげなきゃ……」

「いや、それお前がそのお咲に会いたいだけだろ」

小春姫は片手を頬に添え、憂うように息を吐く様子に義晴がジトッとした目で見ても、どこ吹く風である。

三九郎は小春姫がお咲の事をそんなに気に入っていたのかと内心驚くが、彼女は自分が気に入ったものを愛でたり、可愛がる性質の人間であったことを思い出し小春姫の愛でる対象に入ったのかと納得した。

瑠璃助はそんな二人のやり取りも慣れているので意に介さずある書簡を取り出した。

それはある国から送られた書簡であるが内容は〝苧環屋の行った誘拐並びに脅迫について〟の情報がまとめられたもので、これが本当なのか調査してほしいというものであった。

その書簡を見た義晴は目を細め、ニヤリと楽しげに笑う。それに小春姫も同様の笑みを浮かべた。

「あいつの作る物は本当に何をするかわからないなぁ、まさかこんなことになろうとは」

「私もあれは見ましたがそんな力があるなんて……確かに面白いですわね、あなたのお気に入りの職人の作る物は」

義晴は花の香りがする書簡を手に取ると傍に置かれた刃龍に見せるように床に立てた。

「お前の妹だろ、これをやったのは」

義晴が問われた鍔の龍に目を向ければ、おかしそうに目を細めてカタカタと音をさせて刀を揺らしていた。

◇

同時刻、翡汪国《ひおうこく》のある屋敷にて、ある女は頭に竜胆の簪をつけていた。

紫の着物を着たその女は夫である男と仲睦まじそうな様子で縁側にて茶を楽しんでいた。
《私をここに導いた邦吾殿……その奥方様となるお方の悪縁は私のやり方で消させていただいたわ、これで恩義は返しましたよ》
二人の後ろで竜胆色の髪の美しい女は空に向けて微笑んだ。
《私はしっかりと働いたので、あとはよろしくお願いしますね、桜姉様》
彼女は満足気に微笑んだ。
その顔は凛とした美しい顔であったが、残念ながら誰にも見られることはなかった。

第九章　動物像　河童横綱

「亀太郎、今日は天気がいいな」

宗助の隣で楽しそうに見上げている亀太郎。

突然だが最近家族が一匹増えた。

「翼は痛くないか鳥次郎」

『ちゅん！』

亀太郎の甲羅の上にとまり宗助を見上げる鳥。

赤い小鳥の鳥次郎だ。

庭先で、翼を怪我して飛べなくなっていたところを俺が保護して応急処置した。何かに噛まれた痕があり、翼も折れていたので応急処置にギプス代わりの木を翼に添えた、今思えば鳥はかなり重傷だった。

俺は鳥次郎と仮で名付けして世話をしている。家の中で折りたたんだ布の上を寝床にさせ、ほぼ放し飼いに近い状態にしていたのだが、意外にも鳥次郎は逃げずに亀太郎とすぐに仲良くなり、亀太郎の甲羅の上にいたりなど大人しくしていた。

亀太郎も気にしていないのか好きにさせており、最近ではご飯の時になると住処の桶から脱走し、鳥次郎を乗せて俺のところまでやってくるようになった。いつもどうやって脱走しているのか謎だが鳥次郎を放し飼いにしているのであまり脱走を気にしなかったのもあるが。

さて、今日はこの二匹を連れて村まで下りてきていた。

雲一つない秋空の下で褌一丁の男達が並び、老人や女子供はその男達の周りで賑わう。

全員の視線は村に急遽作られた土俵に注がれた。

「はっけよーい……のこった!!」

近くの神社の神主が行司役として土俵の上で試合開始を宣言すれば逞しい男二人がぶつかりあう。

そう、今日は相撲大会の日。これを見に山を下りて来たのだ。

この相撲大会は近隣の村の男達が集まり相撲を行い来年の豊作を祈る習わしで古くからあるらしい。俺も昔参加させられそうになったが、俺は体が細いし大怪我しそうだからやらせない方がいいと太郎やおゆきが村長達を説得してくれたことで回避できた。

本当なら人も多いから山に籠りたいところだが、俺は参加出来ない分は会場の準備だけでも手伝うことにしているし、何より選手として出る太郎が会場にいてくれと頼むので、この相撲大会の時はいつも山をおりてきているのだ。

今回は村長からの依頼で木像だが、相撲をイメージした物を作ったというのもある。

俺の安易な相撲のイメージの作品だが出来としては良いとは思う。

さて今年も太郎は参加だし、二匹を連れて楽しもうと思っていたのだが……例年とは違うものがある。そのせいで少々ピリピリとした空気が流れている。

それは……この人がいるせいだ。

「がんばれよ太郎！　簡単に負けんなよぉ！」

「ひぃ、は、はいぃぃぃぃ!!」

「うむ！　なぁ宗助、太郎は相撲は強いのか？」

そう、この国の領主の息子こと月ヶ原義晴様である。村が最近この相撲大会の準備をしていることを知り、猶且つ俺の様子を見に来たという……なんでこんなにこの人はフットワークが軽いのだろう……。

しかも、知らないお侍様を連れてきているし……。

ちなみにおゆきはこの後の炊き出しの準備をしているので今は近くにいない。

……国の若様が来ていたらこの空気になるだろうな。それはそうだ仕方ない……。

そして太郎がんばれ。

「太郎は村で一番体が大きく力があります、近年の相撲大会でも中々の力士として評判ですよ」

「……君は出ないのか？」

義晴様が連れてきた人……河原玄三郎《かわはらげんざぶろう》さんが俺に聞いてきた。

強面で背も体格も太郎より大きい人に最初はビビったが、俺の目線に合わせて腰を屈めたり村の人達を怖がらせないようにとしてくれる気遣いが自然な動きで出来る人だから俺はいい人だと思う。

鳥次郎の怪我も気にして、他の人が踏んだりしないように鳥次郎を乗せた亀太郎の傍にいてくれているのもあるが。

「俺は細いので……」

「確かにお前は細いし簡単に持ち上げられるくらい軽いからな……相撲なんてしたら怪我しそうだから俺でも止める」

「……確かに相撲には向きませんな」

納得されてしまった。いや、別に出ないからいいんだが、少し複雑な気分になっただけだ。

話を聞き、納得した玄三郎さんは戦っている選手達を見てほうと感嘆の息をはいている。

「農民の相撲と聞いて如何ほどと思っていましたが……なかなかに鍛えられた者が多く白熱した試合ですなぁ、うちの下の子を連れてくればよかった」

「あぁ、あのひょろっとした棒みたいな……」

「若様」

玄三郎にじとーっとした目で見られ義晴様は口笛を吹いて顔を背けている。

おそらく気にしていることなのだろう。

俺はとりあえず義晴様から気をそらすことに専念しよう。

「ご子息はお体が弱いので？」

「いや、すごく健康……とは言い難いが、病弱ではないんだ……その、臆病で気が小さくてなぁ」

「……なるほど、しかし太郎も気は小さいほうですが図体は大きいです。なのでよく食べ遊べばあなりますよ、きっと」

自分でも何をいってるんだという自覚はあるぞ。

しかし玄三郎さんは俺の頭を撫でた。意外にも優しい手付きだ。

「ありがとう」

俺の慰めの言葉は変だったが太郎を見た玄三郎さんはへにょっとした顔で笑ってくれた。

話を変えてくれようとしているのか義晴様が苦笑しながらある方向を指さす、玄三郎さんと見ればば、そこには俺が作った木彫りの像があった。

「あの像はお前の作品だな」

「お分かりですか？」

「ふふん、お前の作品ならばすぐにわかるぞ」

何故か胸を張る義晴様をよそに玄三郎さんは像を見ている。その目はキラキラとしていてなんだか子供みたいだ。

「気に入りました？　あの河童像」

そう相撲といえば俺の中では河童だ。

横綱がつけるような化粧まわしをつけ立ち合いの姿勢を取る河童像。

顔も凛々しい感じにしてみたんだ。

「あぁ、立ち合いの姿勢が美しく、目の鋭さが勝負をする目をよく表していていい……何より筋肉の美しさがすごいな……堂々としてなんと逞しくも凛々しい姿だ」

「あぁ、確かにあの像の筋肉はいいな、細身だが強さを感じる」

……やけに筋肉を褒めるな。でも筋肉の参考は太郎の体でそこまで細身にした覚えはないのだが……まぁ侍からすれば細身なのかもしれんな。


なんて話しているうちにもう太郎の番だ、ちなみに太郎は前年の優勝者。だからシードでの参加なので二回戦からの対戦になる。

相手も太郎との対戦に気合が入っている。

実は太郎は狩りの時と相撲の時はいつもの臆病な顔が消えて戦闘本能丸出しの顔になるからかっこよくて俺は好きだったりする。

立ち合いに入ったことで戦闘モードへ変わり顔の変わった太郎に義晴様は驚きの声を上げるが驚くのはこれからだ。

「はっけよい……のこった！」

「……は？」

「なんと」

行司が宣言してものの一秒、太郎が相手の廻しを掴み後ろへ投げ飛ばして、相手の体は宙を舞う。

誰もが始まったと思った瞬間には相手の体は土俵の外へと飛んでいた。

「つ、掴み投げ！」

行司はすぐに判定し、太郎は礼をするといつもの頼り甲斐がない顔に戻っていた。

俺がさすが太郎！　と客席から叫べば聞こえた太郎は恥ずかしそうに頭をかいて笑っていた。

武士二人が静かなのでどうしたとみれば引き攣った顔の義晴様と顔をこわばらせた玄三郎さんがいた。

「嘘だろ、瞬殺かよ……」

「なんという強さだ、それにあの凄まじい形相……ただ者ではありませぬ」

「太郎は農民ですよ？」

「「あんな農民いるか！」」

二人に突っ込まれるが、俺は首を傾げれば義晴様ははぁ……とため息をついた。

一応俺も太郎がすごく強いのはわかってるし、人並み外れて体が大きいのはわかってるぞ。

まあそんなこんなでこのあとも太郎は勝利し続け、ついに決勝戦。

会場は最高潮の盛り上がりを見せ、義晴様も玄三郎さんも楽しんで見ている。

これで勝てば二連覇なので是非勝ってほしい。亀太郎達はいつの間にか俺の膝に上って試合をじっと見ていた。

動物も相撲がわかるのか、まぁ現代でもテレビを見る動物がいるっていうし二匹もこういうのが好きなんだろう。

決勝戦の相手は楚那村の宿敵的な村（と向こうの村長は思っているらしい）の若者で前年の決勝にて太郎に敗れたやつだ。

体格もそこらの若者より大きく太郎を見る目が明らかに獲物を見る目だ。リベンジに燃えているのがよくわかる。

でも太郎に優勝してほしいなぁ、と膝上の亀太郎と鳥次郎へ撫でながら言えば、二匹はこちらを見上げ返事をするように口と嘴を開いて俺の手に頭を擦り付けた。

可愛いので呑気に二匹を愛でていたら会場が何故かざわつき、決勝戦の始まりを知らせる合図が鳴ったので土俵を見れば……太郎が鬼の形相で相手を見ていた。

「え」

何があった。

あの臆病で穏やかな太郎があんなに怒る顔するのは初めてみたぞ。

周りの爺さん達に聞いてもわからないらしいが、義晴様と玄三郎さんが顔をしかめていたので恐らくだが太郎を怒らせるほどの事をいったのだろう。

……事の次第によってはあの対戦相手、鍬持って追い掛け回してやろうかな。

ピリピリとした空気の中で試合の始まりを告げた行司の言葉が聞こえた瞬間、相手は土俵の端までふっ飛んだ。太郎の張り手が初手から繰り出されたのだ。

太郎の張り手の衝撃はかなりのものであったようでふらりとふらつく対戦相手に太郎は追い打ちをかけるように連続で張り手が繰り出される。

「そこよ、太郎もっとやりなさい　そんなやつ顔を変えてやるのよ!!」

「はしたないからおやめなさい!!おゆき！」

今までにないほど激しい太郎の怒涛《どとう》の張り手に相手は踏ん張ることしか出来ないようで攻めの技を出さない。

そんな中でお玉を持ったおゆきが遠くから太郎に檄を飛ばしている。

おゆきの母親が止めるがおゆきのその勢いは止まらないので俺も止めに行くべきかと思い二匹を義晴様に頼み立ち上がろうとしたら義晴様に肩を押さえて止められ、あいつの試合を見ろと言われてしまった。

太郎は相手が一歩前に出ようとした隙を見逃さずにまるで獣の咆哮のような声を上げながら力強い突っ張りを相手に叩き込むと相手は嵐で吹き飛ばされたみたいに派手に土俵から落ちた。

シンと一瞬静まり返ると会場は歓声に包まれる。皆が太郎を祝福する中で優勝した太郎本人は顔は怖い顔のままでいつもの顔に戻らず、試合終了を告げられると静かに土俵を下りて真っすぐに俺の元へきた。

見下ろす太郎に俺はおめでとうと口を開こうとするが何故か義晴様が膝上の二匹を回収するよう

に抱き上げれば、太郎は俺を肩へ担ぎあげて腕に座らせるように体勢を整えた。

「太郎⁉　どうしたお前、あいつに何か言われたのか？　それなら鍬持って追いかけまわして」

「宗助、お前は俺の親友だ」

「え？　あぁそうだな」

普段と違い言葉を遮り静かに語る太郎に対して慌てる俺に太郎はというとそのまま歩きだすので咄嗟に太郎の頭にしがみつくが太郎は気にもせずあの対戦相手へ向かった。

呆然とする相手に対し、太郎はいつもと違い強気で少々怖い顔で相手を見ていた。

「宗助は村一番の職人で俺の自慢の親友だ……次あんなこと言ってみろ、本気でお前を捻り潰すからな」

「ひぃっ!!」

……どうやら俺の悪口を言われたらしい。

俺の悪口であんなふうに怒るのかと驚きながらも、俺の為に怒ってくれた太郎がうれしくて俺は頭をポンポンと撫でるように叩けば太郎はいつものはにかむような笑みではなくニカッと笑った。

珍しい笑みに俺が逆にはにかむように笑ってしまうと走ってくるおゆきが視界の端に見えた。

太郎の優勝を祝いに来たと思っていたのだが俺等を素通りし、まだ持っていたお玉を相手の頭に勢い良くたたきつけた。

「この野郎くたばれぇ!!」

「「おゆきぃぃぃぃぃ！！？」」

怒声をあげ、相手の頭をお玉で殴りまくるバーサーカーとなったおゆきを太郎と二人がかりで止めて相手から引きはがす。

その間、義晴様と村長は爆笑してた。あんたは止めてくれ村長。

その後なんとかおゆきを宥めて優勝の儀式をする。

この儀式は土俵から下りた後にみんなの前で盃から美味い酒を飲むのが昔からの風習だとお留の婆さんから昔聞いた。

前年の太郎は嬉しそうに酒を飲んでいたのだが……何故か今年の太郎は顔をしかめながら飲んでいた。そんな太郎におゆきと首を傾げていれば太郎の様子に気づいた村長が理由を聞くと笑いながら俺を呼んだ。

……俺が何かしたかとおゆきと近寄れば心底おかしいというように村長は声を上げて笑い俺の肩を叩いた。

「いてっ、どうした村長」

「くっくっくっ……宗助、儂の家からお前の酒を持ってきてくれ」

「俺の？」

なんだいきなりと目をぱちくりさせていると楚那村の面々は、あぁと納得するような顔をして村の中で足の速い田吾作が「俺が村長の家に行ってくる」と走っていった。おゆきも何か分かったらしくなるほどと頷く。

太郎にどうしたのかと聞けば、顔をしかめたまま一言。

「酒がまずい」

「……え？」

俺は目をぱちくりとさせながら聞き返せば太郎は盃に入った酒を睨みながらまたまずいといった。

「酒がまずいんだよ……祝い酒なら宗助の酒がいい……」

むすっとした顔でそういった太郎に周りの村の者はびっくりするが、楚那村の者は大笑い。

俺もだ。

そんな理由で顔をしかめていたとは……また俺の酒がそんなに気に入ったのかと嬉しく思いながら笑えば、後ろにいた義晴様もなるほどな！　納得した！　と笑いながら太郎の背を叩いた。

確かに俺の酒は他の酒よりは美味いと思う、この時代では難しい清酒で口当たりも味もいいからな。

少しして田吾作が俺の造った酒の入った瓢箪《ひょうたん》を持ってきたので新しい盃に入れれば太郎は今度こそ笑みを浮かべながら酒を一気に飲みほした。

ちなみに太郎はザルで、村一番の酒豪だがこういう祝いの席でしか飲まないので所謂飲めるが好き好んで飲まないタイプの酒豪らしい（一度だけ酒精の強い酒を試しに造って味見と称して飲ませてみたがいくら飲んでも平気な顔をしていたのでザルを超えてウワバミかもしれない）

機嫌よく酒を飲む太郎を見て俺はあることを思いつく、優勝記念に太郎に槍でもつくろう。

太郎が使うのは狩猟用の槍だから大きさも合わせないと……明日にでも身長と太郎が今使っている槍の長さを測るか。

そして夕方、大会が終わったので片付けをし、大会の飾りとしての役目を終えた木像を風呂敷に入れて背負った後に玄三郎さんから亀太郎と鳥次郎を受け取る。ずっと見てくれていたらしくお礼をいえば気にするなと言われた。

その中で玄三郎さんの目線が俺の後ろに行っているので視線を追えば俺の背負っているものがあった。

「これは飾っていた河童像ですよ」

「……宗助殿、突然ですまないのだが、その河童像を買いたいのだが……いいだろうか？」

「え、買う!?　これをですか!?」

気になるのかと聞けばまさか買いたいと言われるとは、昼間気に入っている様子は見ていたが欲しいと言われるほど気に入っていたとは思わなかった。

しかし、これは商品に出来るようなものでもない……。

「商品に出来るようなものではないですよ、今回用に作ったものですし……」

「それでもいい、俺はその河童像の姿をいつでも見たいと思ってしまったのだ……頼む！」

「ちょ、玄三郎さんやめてください!!」

頭まで下げた玄三郎さんに俺は慌てて顔を上げてもらう。周りにいた人達がぎょっとした目で見ており、遠くからいつもの衣に着替えた太郎が走ってくるのが見える。

……商品ではないがこんなに気に入ってもらえたのならばと俺は一度亀太郎と鳥次郎を地面に下

ろすと風呂敷を外し玄三郎さんに差し出した。

早くこの状況をなんとかしたいというのもあったが。

「お買い上げではなく差し上げますよ、元々商品として作ったものではなかったですし」

「な、これを金銭もなく頂くなど……!! いえ、あなたがそういうのならば、今回はお言葉に甘えて頂きます……しかし、この対価として何かお礼の品はご用意させてほしい」

「いや、そういうのもいいですので……」

玄三郎さんは首を横に振り、河童像をキュッと抱きしめるように持った。

今こちらへ走ってきた太郎も河童像を持つ玄三郎さんを見て事情を察し静観している。（心なしかお前またやったのかという視線を感じる）

義晴様もいつの間に来ていたのか玄三郎さんの後ろで太郎同様に静観の姿勢でこちらを見ている。しかし、なんだか少し顔が怖いのはなぜだろうか。……俺何かまずいことしたのだろうか。

「以前に若が風鈴を依頼された時は金銭ではなく物を贈ったそうだな……そうだ！ 様々な作品を作っているならば紙はいかがだろうか？ ここでは手に入りにくいだろう？」

「え、紙？ 確かに紙はここでは貴重ですけれど……」

「ふふっ、ならば墨と紙を贈ろう、よし決まりだ」

グイグイと話が強引に進んでいき、何故か墨と紙を代金の代わりとしてもらうこととなってしまった。俺は欲しいならばやるくらいの気持ちだったのだがまさかこんなことになろうとは思わなかった。

玄三郎さんは話は終わったとニコニコしているが後ろにいる義晴様は頭を抱えているし、太郎は何故か俺の背中を労わるように撫で、足元にいた二匹が頭や体を俺の足に擦り付けていた。

……なんでこうなった。


数日後。

「宗助殿ーーーー!! お礼の品を持って参ったーーーー!」

本当に紙と墨を大量に持って、大きな声で家にきた玄三郎さんに驚きの悲鳴を上げる。

すぐに俺の声を聞いた太郎とおゆき（米の収穫を手伝いに来た）が鎌を持って家に飛び込んで来たため今度は恐怖の悲鳴を上げてしまい、その悲鳴を聞いた翼が治りかけの鳥次郎が驚いて玄三郎さんに飛びかかるという連鎖が起こるのであった。

そのとき亀太郎は桶の中から顔を出し口を大きく開けて様子を見ていた。

そしてその惨状をたまたま見ていた三九郎さんが頭を抱えて何があった!! と叫んで、義晴様はそんな俺らを見ながら爆笑していた。

笑ってないで止めてくれ。

◇

清条国月ヶ原家に仕える河原玄三郎は何代も月ヶ原家に仕える名家の出であった。

そんな彼は主人である月ヶ原義晴に連れられある農村の楚那村にやってきていた。

玄三郎はこの村に義晴が目にかけている職人がいるのも勿論知っている。

故に若く細身の青年であることに驚いたが義晴が親しく接し、傍にいる生き物に優しく接する様子から義晴への害は少ないとみて彼は警戒を解いた。

何より傷ついた鳥を看病するのだから心優しい若者だと思えた。

義晴が玄三郎をこの村に連れてきたのは本日に相撲大会が行われると聞き、玄三郎が相撲好きなので誘ったのだ。

玄三郎はそれに喜び、その心遣いから相撲観戦を楽しむことにしたのだがある場所……いや物に目を奪われた。

主君の義晴が職人天野宗助の物かと聞いたその像は河童であった。だが玄三郎は河童の像が珍しいからと見ていたわけではない。


力士のように廻しをつけて堂々とした姿で立ち合いの姿勢を取る河童。細身だが逞しい筋肉に勇ましく凛々しい顔つき、何よりもまるで歴戦の武将を思わせる鋭い目に玄三郎はぶるりと震えた。

その目に引き込まれ、目の前に河童がいるような感覚に玄三郎は自分も立ち合いの姿勢をとらねばと腰をかがめた。

「すごいだろう、宗助は」

「！」

中腰の状態になった玄三郎は主君である義晴の声に正気を取り戻し、腰を伸ばした。

義晴はそんな様子の玄三郎を気にするどころか理解するように穏やかな目で見ていた。

「っ、若はいつもあのようなことが……？」

「あぁ、恐らくお前みたいなのはないが……あいつの作品にいつも魅入られているんだ」

「末恐ろしいですな、彼は……俺はまるであの河童が目の前にいて、己も相手として応じなければと思ってしまいました」

相撲大会の土俵を見ながら義晴は玄三郎の話に耳を傾ける。

そして楽しげに河童像に目をやり、また土俵に目線を戻した。


「相手を選んでいるのかもな」

「はい？」

「いや、なんでもない……お、次は太郎じゃねぇか！　頑張れよぉ!!」

玄三郎は義晴の言葉に首を傾げるが隣にいる宗助が楽しげに太郎の応援をする姿に自分もするべきだなと土俵に目を戻すと……先ほどまで義晴に声を掛けられ情けなく声を上げていた大きな青年が立ち合いの姿勢をとると、その顔つきがまるで獲物を狙う獣のような顔に変わったのを見た。

その変化に驚いているとその試合はすでに終わっていた。それはしばし呆けていたわけではない。

一瞬で終わったからだ。始まったと認識した瞬間太郎の相手は彼に投げ飛ばされ宙を飛んでいたのだ。

会場がシンと静まる中で楚那村の面々だけが太郎を祝うように声を上げる。

「嘘だろ、瞬殺かよ……」

「なんという強さだ、それにあの凄まじい形相……ただ者ではありませぬ」

義晴と玄三郎は太郎の変わりようと強さに驚くが、宗助はきょとんとした顔で二人を見た。

そして何もなかったかのようにこういった。

「太郎は農民ですよ？」

「「あんな農民いるか！」」

その後も圧倒的な強さで勝ち進む太郎に宗助だけでなく義晴も玄三郎も応援の声に熱が入る。

玄三郎は高々農民の相撲とそこまで期待していなかったのだがこんなに白熱する試合が見れたため連れてきてくれた義晴に感謝した。


そしてついに決勝、太郎と太郎同様に圧倒的な強さで勝ち進んだ別の村の青年との試合にこれは楽しみだと玄三郎はわくわくしていた中で、太郎の対戦相手は宗助をちらりと見た。

隣にいるため彼に視線が行っていることに気づいた玄三郎と義晴は何だと太郎の相手を見ていたが、太郎に視線を戻すと鼻で笑い始めた。

「へっ、亀と鳥なんて可愛がってらぁ……お前らあんな気味の悪いのをよく村においているよな」

「……なに？」

「聞いたぜ、変なもの作るって……細くて白いし、あいつ小鬼じゃねぇのかい？　殺したほうが世の為じゃねぇか」

なんてことを言うのだと玄三郎は眉をひそめた。が、幸いなことに宗助は膝の上にいる愛玩している亀と鳥を撫でているため聞こえなかったようだが、土俵の近くにいる楚那村の人間達は怒りの顔で対戦相手を見ている。

隣で聞いていた義晴から歯をぎりりと食いしばる音が聞こえたので主君が怒っていることを理解した玄三郎だが、神聖な相撲の場で相手を挑発するためだろうが、明らかに度を越しているため彼も顔をしかめた。

「ふざけんなよ、てめぇ」

太郎にとって友人の彼を蔑む事を言えば当然太郎は怒る。

まるで彼こそが鬼のようだと言わんばかりの顔で相手を睨み、その目は明らかな殺意に満ちていた。

近くにいた楚那村の老人の一人があーあと呆れたように、楽しそうに声を出した。

「あいつ終わったなぁ、太郎を本気で怒らせやがった」

行司が試合の開始を告げた瞬間。太郎という名の鬼は対戦相手の顔を張った。

その勢いと一切の容赦が無い怪力を受けたことで対戦相手は土俵の端まで飛ばされる。なんとか土俵際で耐えるが鬼は隙を与えない。

まるで獣が命を刈らんとするように何度も突っ張りという技の手の槍が相手の体にささる。

攻撃させず防戦に回ることしかできなくなったことで、ようやく対戦相手は怒らせてはならない相手を怒らせたことを後悔するのだ。

恐怖から試合のことを考えられなくなった隙をつかれ、土俵の上から獣の咆哮が響き、またも心の臓の場所に強い衝撃が与えられたことで対戦相手は土俵から吹っ飛ばされた。


太郎の勝利。

これを理解した観客は太郎に祝福の声を上げる中で太郎は顔を変えぬまま土俵を下りた。三人の元へくる太郎の目にまだ獣のような鋭さを見た玄三郎は主君を守らねばと立ちふさがろうとするが、その主君から宗助の膝上にいた二匹の動物を渡されてしまい動けなくなった。

太郎はそんな玄三郎を見向きもせず宗助を腕に抱えると吹っ飛んだ対戦相手の元へ戻った。

玄三郎は呆気にとられた顔で見ていると義晴は穏やかな顔で彼らを見て笑う。

「太郎にとって宗助は本当に大事なのだな」

「みたいですね、あの気弱そうな青年があんな顔をするのですから」

「おゆきにとってもそうみたいだな!! すげぇ、おゆきのやつ、あの相手をたこ殴りにしているぞ! 近くで見てこよう!」

「お止めください」

優勝を祝いに駆け寄ったと思われた少女、おゆきはお玉を持ち暴れており、二人がかりで止める宗助と太郎の姿を見て義晴は腹を抱えて笑う。

そんな義晴の姿に玄三郎は自分の主がこの村では月ヶ原義晴としての姿ではなく、ただの義晴として笑っているのだと気づき、この村はいい場所だと頬を緩めた。

腕にいる二匹は騒ぎが落ち着いてから渡してあげようと決めた玄三郎はふと、またあの河童像を見た。

初めに見た時と変わらず威風堂々とそこにある河童像に玄三郎は息子の姿を思い浮かべた。

長男は自分に似ているのか剣術を熱心に取り組み、次男は本をよく読むが気が弱く、臆病でよく周りの武家の子達にいじめられていると長男から聞いた。

気弱であるが太郎は先ほど獣のような怖い顔をしていたため、息子も太郎ほどではないが強くなってほしいと思わず思ってしまったのだ。

そんなことを思っていたら眺めていた河童像が目を細めたような気がして思わず頭を振って再び見たが、河童像は何も変わってはいなかった。

しかし、何故か目が離せず、あの像を家に置きたいとふと思うようになった。

不思議となんだかいいことが起きるような気がした玄三郎は大会の片付けが終わった宗助に二匹を渡した際に頼み込み河童像を譲ってもらった。

紙と墨と交換で話をしたが玄三郎はいい買い物をしたような気分で楚那村を出て義晴と帰る。

義晴がじっと見張るような目を向けてきたことに首を傾げたが今の玄三郎は早く家に河童像を置きたいなぁと考えていた。

家に帰り、居間に河童像を飾れば妻や息子達が不思議そうに像をみて、威風堂々とした姿に感嘆の息をついた。

「まぁ、なんて立派な河童……あなた、今日は若と農村に行っていたのではないのですか?」

「その村に若御用達の職人がいてなぁ、これは相撲大会の飾りとして作ったそうなのだが……気に入ったので頼み込んで譲ってもらったのだ」

「素晴らしいお姿の河童です! ……しかし、なぜこんな派手な廻しをつけているのでしょうか」

「まるで横綱みたいだね、兄上」

次男海三郎にそう言われ確かに玄三郎はきっとこの河童は横綱なのだと思った。

意外にも家族から好評で屋敷の奉公人達もこの河童像を見て強そうと感想を言うほどであったため玄三郎は少し無茶を言ってでも譲ってもらってよかったと喜ぶ。

しかし玄三郎は紙と墨以上の価値があるものであったと後に気付くのであった。


それは数日経ったある日の夕飯の時から始まった。

その日珍しく海三郎がご飯をおかわりしたのである。

勿論玄三郎が珍しいと告げれば海三郎は、今日はいっぱい動いたからと笑顔で返した。

その翌日も、またその翌日も、海三郎はご飯をおかわりして食べる。

それだけでなく顔に擦り傷も出来ていた。これには長男の空三郎も心配になり誰にいじめられたのかと問うが、海三郎は首を振って川で鍛えていると返した。

確かにおかわりをするようになったあの日から数日の間に海三郎は少しではあるが、筋肉がついており、顔つきが少し逞しくなっていたので鍛えているのに嘘はなさそうであった。

突然鍛え始めるなんてどうしたと玄三郎が聞くが海三郎はいい師匠に会ったと返すのみであった。

また少し経った日の晩にはなんと空三郎にも同じように傷が出来ていた。

二人の息子に傷が出来たとあれば親として玄三郎も妻も心配するが、二人は口をそろえるように師匠に鍛えてもらっていると返した。

何かを隠すような息子二人に玄三郎は仕事の合間に何をしているのか探ろうとするが、何故か二人が見つからない。

主人の忍びである三九郎に相談し部下を一人借りて調査を依頼するが、なんと忍びの目をもってしても二人が何をしているのか見つからなかった。

これは明らかに怪しいと一体何をしているのか気になり始めたところで三九郎から聞いたのであろう義晴が話を聞きに来た。

玄三郎は最近の出来事を話すと何故か腑に落ちたという顔をして恐らくそんなに心配しなくてもいいと玄三郎に助言した。

玄三郎は逆に腑に落ちない顔をしたが義晴が多分あれは悪いことはしてないと言って去っていった。

恐らく原因はあれだと義晴の反応を見て確信した玄三郎は屋敷に帰ると居間に飾った河童像を見る。

飾った時から何も変わらないが、息子達の変化はこの河童の像が原因だと玄三郎の勘が告げていた。

「何をやっているか知らないがあまり息子に怪我をさせないでくれよ」

語りかけても河童像は当然、何も返さない。

遠くから妻の呼ぶ声がしたため居間から出る玄三郎は後ろから、クアッと何かの声が聞こえた気がして振り向くが、そこには河童像があるだけであった。


そしてまた少し経った日の晩のこと、何故か妻が丹念に河童像を拭いていた。

息子二人はその姿を誇らしげに眺めており、玄三郎はすぐに何があったかを理解した。

そして今日は聞いてみた。

「河童が何をしたんだい？」

妻と二人の息子はバッと玄三郎を見ると少し顔を見合わせてから妻が河童像を掲げた。

その顔はまるで少女のように笑い、父親に今日あった事を報告するようだった。

「この河童殿が私を助けてくれたのです」

話を聞けば婆やと共に買い物をしていたところ悪戯者が荷を運ぶ牛にちょっかいを出してしまい、それが原因で街中を走り回っていたらしい。

そして丁度店から出た瞬間に鉢合わせてしまったのだが、牛は妻の前で転んだことで助かった。

しかしその時に妻は見たのだという。

牛の前に立ちふさがり、一瞬で牛の角を掴んで地面に投げ飛ばした河童の力士の姿を。

きっとこの河童像が守ってくれたのだと信じ、お礼の代わりに綺麗に拭いていたのだという妻に息子達は流石師匠だと喜んだ。

師匠？　と妻が聞けば、息子二人はこの河童に鍛えてもらっていたのだと誇らしげに告げた。海三郎曰くある日いじめられ川に落とされた時に助けられたそうで、それ以来弟子入りして鍛えてもらっていたらしい。

空三郎はそんな海三郎を怪しみ数日かけて追いかけて漸く海三郎の修行場に辿り着き、少しずつ強くなる海三郎に負けられぬと自分も弟子にと志願したらしい。

どうしてすぐに弟子入りをしたのかと海三郎に聞くと何故かしないといけない気がしたのだという。

次に玄三郎が何故隠したのだと聞けば流石に河童に弟子入りは信じてくれなさそうだったからだと返され確かにと玄三郎と妻は笑った。

綺麗に磨かれた河童像に玄三郎がお礼を言えば、またクアッという声が聞こえた。

今度は何の声か分かった玄三郎は明日にでもキュウリを供えようと心に決めたのであった。

それ以来、河原家では不思議なことがよく起こるようになった。

しかしそれはすべていいことであり、皆その不思議なことが何なのかわかっている。

ある日、腰を痛めていた婆やはにわか雨が降ったので急いで布団を取り込もうとした際に、廻し姿の河童が布団を濡れない場所へ運ぶのを見たという。

婆やはお礼に翌日に居間の河童像に黄色の小さな羽織を拵《こしら》え、河童像の肩に掛けていた。

ある日、奉公人の若い娘が夜道を歩かねばならない用があり、屋敷へ戻る際に街中を歩いていると男につけられている気配を感じ逃げていたが、少しして突然男の悲鳴と川から水音が聞こえ急いで屋敷に戻ったという。

翌日に夜中に川に落ちた男がいたらしく生きていたが、河童に川に投げられたと訳の分からないことを言っており怪しいのでお役人に連れていかれたと同僚から聞いた娘は最近河原家にてよく聞く噂と居間にある河童を思い出してお礼にキュウリを供えていた。

ある日、妻の母が屋敷の入り口で倒れていた。

娘の家に遊びに行こうと歩いていたら頭に何か当たったらしく気を失った。

だが、誰かに運ばれたのを覚えているらしく、背中が硬い甲羅みたいで肌がすこし湿っていたという証言に海三郎が河原家にある河童の噂を伝えると妻の母は命の恩人だとすぐに信じ、居間の河童像に手を合わせて礼を言った。

数日後、妻の両親から河童殿にと立派な敷物が贈られ居間が少し豪華になった。

他にも様々な事が起きた河原家の人々は数日も経つと河童像を守り神のように扱った。

いや、実際に守り神のように家族や屋敷の者を守る河童を玄三郎は大変気に入っていた。

そんなある日玄三郎は夢を見る。簡素ではあるが土俵がありその上に婆やが作った黄色い羽織を身に纏い座る河童がいた。

玄三郎はすぐに河童の顔つきからあの河童像だと気づくと声をかける。

「前に座ってもいいか？」

河童はすこし驚くような表情を見せるとふっと笑い、頷いた。

玄三郎は河童の前に座り、ゆっくりと頭を下げた。

「いつも言っているが妻と息子を助けてくれてありがとう、それに屋敷の皆のことも見てくれて感謝している」

《構わねぇよ、俺ぁこの家の人らが好きなだけさ》

突然聞こえた声に顔を上げた玄三郎に河童は口を開けてどうしたと聞いてきた。

河童の楽しげで悪戯が成功したという顔に玄三郎は笑いながら驚いた、うちの守り神様はいい声だったと伝えれば河童はカラカラと笑った。

《守り神って、つうかそんな反応されるとは予想外だったなぁ！　クアッ、クアッ、クアッ……！》

クアックアッと特徴的な笑い方の河童に玄三郎はいい声なのだけどなぁとずれたことを思っていた。

玄三郎の耳には低いが心地のいい声が聞こえていた。遠い未来ではその声をバリトンボイスと呼ぶ。

《だからあんたが好きなのさ……さてそろそろ本題に入ろうかねぇ》

笑っていた河童は立ち上がると立ち合いの姿勢をとった。

玄三郎は河童が望むことをすぐに理解し、またあの日出会った時のことを思い出していた。あの日も河童は立ち合いの姿勢をしていたと。

《やろうぜ、相撲》

「心得た」

そしてこの河童は自分と戦うためにこの家にまでついてきたのだと分かった。

河原家の守りの像となってまで自分と戦うために。

河童と体をぶつけた玄三郎はとんでもないのに目をつけられたものだと笑うがやはりいい買い物であったとまた思うのであった。


河童と試合した夢の翌日、紙と墨を持ち意気揚々と天野宗助の家に突撃し、鳥に頭をつつかれる玄三郎の姿があった。

◇

ある日の宗助の屋敷の鍛冶場。丑三つ時の静かな夜のこと。

火が消えて灰のみが残る鍛冶場の炉の前で宗助に保護された鳥次郎は立っていた。

灰は火が完全に消えていても高温で手を突っ込めば火傷を負うのは間違いない熱を未だに放っているが鳥次郎は熱さなど感じないと立っている。

じっとその灰を見ていた鳥次郎はゆっくりと高熱の灰の中へ体を沈めた。

鳥次郎は苦しむ声を上げることなく、まるで心地のいい風呂や温泉に入ったような息をし、そしてしばらく灰の中に浸かっていると鍛冶場の戸が静かに開く。

しかし入ってきたのはこの鍛冶場の主である宗助ではない。

ゆっくり、ゆっくりとした足取りで鳥次郎のいる炉へ歩みを進め、入ってきたものは鳥次郎へ声をかけた。

『体の具合はどうだ？』

翁のような少ししゃがれた声で鳥次郎に声をかけてきたものは窓から月明かりが照らされその姿を現す。

その姿は甲羅を持つ小さな亀であった。しかし、開いた口からは人のように話す声が出ていた。

そう声を掛けたのは鳥次郎よりも先に来た家の住民である亀太郎であった。

『ここは心地いい気で溢れている、何より宗助殿の使う火はお前と相性はいいだろう』

『そうだな、もう翼が癒え始めている』

鳥次郎も亀太郎と同様に嘴から人の声が発せられ、その声は若い男のようにも聞こえる声だった。

そうだろう？　と首をかしげる亀太郎に鳥次郎は嘴を開き、肯定の声を上げた。

『しかしそれはお前も同じだろう、あの方の作るもの……特に陶器等の工房は土の気で満ちている、そこで療養したのだろう？』

『心地良すぎて今でも行っているぞ』

『脱走癖をつけたな……宗助殿が気にしていないからいいものの……』

ひっひっひっと笑う亀太郎に鳥次郎は灰に浸かりながら溜息をつくように言えば亀太郎は笑いを止めて天を仰いだ。

『我らの負った傷をまさか人の子に癒すことが出来るとは私も驚いたものだ』

『お前は地脈を攻撃され傷を負っていたな……拙《せつ》は呪いで狂い、人に災厄を齎《もたら》す獣となっていた……しかしあの水龍によって負傷を負ったことで正気に戻ることが出来た……』

『そして件の水龍の縁を辿り……この家の庭先に落ちたと……』

こくりと頷いた鳥次郎は少し翼を動かす仕草をすると灰から出て体を震わせ灰を落とす。

その翼はもう噛み痕のような傷は無く綺麗に消えていた。その翼に満足そうに目を細めると亀太郎同様に天を仰いだ。

『宗助殿のおかげで傷は癒えたが……力はまだ戻っていない』

『……それに今までの力ではあれには敵わぬ』

『ここで修業をせねばなぁ亀太郎……いや、玄武』

鳥次郎の言葉に亀太郎……玄武は目を細め、亀とは思えぬにやりとした笑みを返した。

『今は亀太郎だ……そう呼んでおくれよ、朱雀殿？』

『ふんっ、そちらこそ今は鳥次郎と呼べ』

二匹が互いにそう呼び合う中、近くの木々で梟や蝙蝠《こうもり》が慌ただしく一斉に飛び立つ。

それを音で聞いた二匹は軽く首を横に振ると互いに威嚇で出していた神気を抑えた。

『いかんいかん、これでは宗助殿が起きてしまう』

『それはいけない、今日はもう寝床に戻ろうぞ……明日は米の収穫だ、豊作ならば米を少しくれるだろうか、粟でもいい』

『宗助殿ならくれるだろう』

寝床へ戻る二匹。

鍛冶場から屋敷に戻るまでの間に月光に照らされた影は二匹より遥かに大きく、蛇のような尻尾の影と長い尾羽の影が二匹から出ていた。


翌日、米を収穫する宗助を少し離れた所で後ろから見守っていた二匹だったが、遊びに来た義晴に鳥次郎は米を食べられて自分の取り分が減ると思い、治りかけの翼を羽ばたかせて義晴に突撃したのであった。

《ぴー!!》

「いだっ!?　っ、この鳥っ!!」

義晴の頭を蹴る鳥次郎に義晴は驚きながらも怒るが、騒ぎに気付いた宗助は亀太郎を義晴に踏まれないように急いで抱えつつも、義晴に鳥次郎は治りかけだと伝えた。

亀太郎も義晴に向けて口を大きく開けて何かを言っているようにも見える。

「翼は狙わないでください！」

「こいつは俺の頭を蹴ったぞ！」

「それでもですよ！」

遠くから見ていた三九郎は鳥と喧嘩する義晴に呆れつつもいざという時は自分が鳥次郎の翼に負担をかけないように捕まえようと決めつつ、縁側で座って眺めていたのであった。

書き下ろし小説

月ヶ原義晴があの日、宗助に出会うまでのお話

月ヶ原家が治める地、清条国の城にて、部下の忍びである三九郎からの報告を受けていた月ヶ原家の次期当主である義晴は、報告にまとめられた書簡から顔を上げる。

「……他の村に比べて家の造りがおかしい、それに道が綺麗とな？」

「はい」

「俺は何故あの楚那村で米が豊作なのかを調べろと言ったのだがな」

義晴が見ていたのは楚那村に関する調査報告書だ。

近年の年貢は決して高いとは言えないが少なくもない量であるはずなのに、ある地域の村は安定して米を収穫出来ており必ず米を納めていることや、その米が大変美味であると城の中でも話が出るほどであったので何かあるのでは？　と調べさせていたのである。

豊作の大本が農法の技術であるのならば他の地域の村にも広めて民を飢えさせることを減らせるのだ……が、それが禁止されている薬によるものであるならば取り締まらなければいけない。

なぜならば大抵のそういった薬は豊作をもたらした後に畑を駄目にする薬であることが多い。

特に今は戦時中であるため、もしかすると敵国がこういった方法で畑をつぶして兵糧を減らすといった策である可能性もなくはないのだ。

そうして行われた調査にて、その豊作の大本は農法を変えたことによる真っ当なものであり、その技術の伝来の始まりの地は楚那村であることが判明したのである。

義晴はすぐに楚那村を調査させたのだが……返ってきたのがこの結果であった。

「若、実はこの建物等の技術を持つ者は豊作を授けた人物と同じようなのです」

「建築も農業にも知識があるものが農民の中にいるだと？　それはおかしい」

「えぇ、なので村の中にいる人間を調べたのですが……その知識の持ち主は村にはいませんでした」

「村には？」

「はい、楚那村には数年前に一人の子供が村の者に拾われたそうでして……奇妙な服を着ていた子なのですが大変賢い子であったと」

義晴は三九郎からの報告に黙って続けろと目で語れば、三九郎は別の紙を懐から出して渡す。

そこには〝天野宗助〟という名前の人物の調査結果が書いてあった。

「天野宗助と名乗った子供は山賊に襲われたのか、怪我をしていた所を村の者に発見されて村へ連れて来られ、怪我の治療後にそのまま村長が引き取り育てたそうなのですが、その恩に天野宗助は多くの知恵を村人に授けたそうです、ただ自身は村では暮らさず山に家を建てて暮らすようになったそうです」

「なぜだ？」

「……申し訳ありません、それ以上を聞くと村の者が一様に口を閉ざし警戒の色を見せたので詳しいことはわかりません」

三九郎があの村の者は全員で天野宗助を守ろうとしているように見えたと言えば義晴は頭をがりがりと掻き、天を仰ぎながら唸る。三九郎はいかがしましょうかと聞いた。

「それとあの村に商人として入り込むにはもう限界があります、ここ最近は儲けになり得るやもしれぬと様々な地から商人達が来ているようで村の者が怪しみだしました」

「余計な事を……天野宗助とやらは山にいるのだな？」

「はい、山に籠っては何かを作っているようです……最近では刀を作っている音が聞こえます」

「中は覗かなかったのか？」

三九郎は首を横に振り、実はと言いづらそうに訳を語る。

曰く三九郎だけでなく、他の忍びの部下が中に入ろうとすると天野宗助と親しい猟師の子がその度にこちらへ顔を向けてくるので家に入るに入れなかったのだ。

一度その視線を無視して家の天井裏に入った者がいたがずっと気配を追われ、終いには箒の柄で天井の板をついてきたのだという。

「……お前達、鼠と思われてないか？」

「……わかりません、しかし急にこちらへ顔を向けてくるので我々は肝を何度も冷やしました」

義晴は腕を摩る三九郎にそれは怖いなと苦笑いしつつも、その者がいなくなればいけるのではないか？　と聞けば、その猟師の子は一度気配を察知すると天野宗助から離れず、その日は天野宗助の家に泊まってしまい帰らないのだとかで何度もあきらめる羽目になったという。

「ふむ、意外にも難敵だな……だがその者がいない日もあろう？」

「勿論離れている日も狙ったのですが……天野宗助と親しい村の娘が天井裏や軒下に鼠避けにと薬草を燻《いぶ》した煙を焚いたり、庭に辛い匂いがする水を撒いていくので匂いで近寄れませんでした」

「完全に鼠の扱いではないか!!」

義晴はあっはっはっはっ!! と腹を抱えて笑い転げ、その様子に三九郎は苦虫を噛み潰したような顔をする。

しばらくして笑いが治まってきたのか、ひぃひぃと息をしながら座りなおす義晴に三九郎は話を戻すように咳払いして、もう一度どうするのかと聞いた。

「はっきりと言えば農法の技術を他の地域の村にも教えるように、あの地域の村の者に言えば今回の事は解決しますよ」

「そうではあるのだが……気になる、すごく気になるぞ、天野宗助」

三九郎は何かを考えている様子の義晴にため息が出る。

物欲等はないのだが楽しそうなものには首を突っ込む悪い癖があるので、あまり深入りさせたくなかったのだ。

謎の人物が現れ、しかも中々に尻尾を掴めないとなると自身で捜査にいくと決まっていると。

「よし、俺が直々に出向くか」

三九郎はほら見たことかと顔をしかめた。

絶対に自分で行くと思ったと義晴の言葉に抗議の意味を込めて顔をしかめたが義晴はその顔を無視していそいそと目立ちにくい着物に着替え、部下に出てくると言伝を残すと自身の部屋を飛び出した。

馬に跨《またが》り掛けた義晴に三九郎は急ぎ自身も馬で追う。

横並びになり村についてどうするのかと聞けば、まずは天野宗助に関わりのある建築とやらを見たいと告げた。

「造りをみれば少なくともどこの生まれか判別は出来るやもしれぬ」

「なるほど、寒さか暑さのどちらに強い建物か分かれば西と東のどちらの土地の生まれかはわかりますね」

「そういうことだ、どちらでもなければ日ノ本の中間と予想も出来る！」

義晴の見解に三九郎は確かにその推測は可能だと同意した。


馬を駆けて半日も経たないほどの場所にある楚那村へついた義晴は、旅の浪人の〝春〟と身分を装って村を見て回る。

柱だけでなく組まれた枠組み等からも確かに強度がありそうな家であり、家の造りからして寒さにも暑さにも強いようだと見ていれば三九郎は家の屋根が瓦だと気づき、あの瓦に耐えられるのならば多少の雨風にも強い家のはずだと義晴に伝えた。

道も歩きやすいように何かで固めたのか整備されており、石を敷いている訳ではないその道は踏み固めたにしては綺麗で、少し土木技術をかじっている程度では出来ぬ事だ。これを教えたであろう天野宗助という男への関心は増した。

「春、あれをみてくれ」

「あれは農具か、だが見たことのないものだな」

「そうだな、鍬を見ろ……先が割れている、使い方は同じのはずだが……あぁそういうことか！

あれで深く土が掘れるのか！　先が割れているのは硬い土も耕すためだな！」

「他にも見たことないのがあるな……これも件のやつの知恵か……」

先の割れた農具の仕組みを見ただけで読み取った三九郎に驚きつつも、少し遠くで草を焼いて灰を作りながら何かを混ぜている村人を見て、天野宗助は農具だけでなく肥料の知恵を授けたとみた。

やはり天野宗助が住んでいるという山に早急に向かい本人と話をするべきだがどうしようかと思案する。

急いて行動すれば、すぐに村の者に勘づかれて天野宗助を隠されるかもしれないので行動は派手にしてはいけない。

義晴は村の者を懐柔するかもしくは信頼を得てから天野宗助に会うべきかと色々考えたが自身の立場から城を長く空けるのはまずく、あまり時間をかけることはできないので少し強引だがある策に出ることにした。


天野宗助が住むという山の中で義晴が行おうとしている作戦を聞き、三九郎は呆れた顔をした。

「本当にやる気ですか？　はっきりと言えばまぬけな策ですよ」

「俺もそうは思っている。だがもうこれしか思いつかん……村の者に可愛がられているならば賢いだけでなく人望があるのだろう、そんな人物が行き倒れ等を見つければ放っておくとは思えない。故に天野宗助に行き倒れの俺を拾ってもらう」

「で、演技と見抜かれないように俺に若を殴れと？」

「そこまではいってない」

義晴の考えた作戦は行き倒れを装い天野宗助に拾ってもらうというものだった。

そのために三九郎に自身の意識を薄めさせることにしたのである。

はっきり言ってなんて馬鹿な事をする作戦だと三九郎は言うが、村の者の様子から変に仕込めば怪しまれると義晴は判断したのもあった。

天野宗助の家から遠くない所で義晴はその作戦を行うというと三九郎は呆れ半分、駄目なら自分が何とかしようという思いが半分で義晴の鳩尾に拳を入れた。

義晴は小さく呻き、やり方がもう少しあっただろうと三九郎を睨みつつも膝をつき倒れる。

三九郎は意識が完全には飛んでないことを確認すると、少し位置を調整して木の上へ跳んだ。

少し様子を見ていれば遠くから天野宗助と思われる気配がしたので義晴に矢羽根で伝え、他に誰も来ていないことを確認した。

「(さて天野宗助はどうするかねぇ)」

三九郎は、籠を背負い何かの素材でも探しているのだろう天野宗助が予想通りに義晴に向かっている事を見ているとあることに気付いた。

天野宗助は上を向いている、恐らく花を探しているのか目が茂みより上で下を見ていない。

あ、このままだとまずい、若が踏まれると気づき流石に止めるべきかと三九郎が一瞬悩んだときには……。

「あ」
「ぐえ」
「ん？」

天野宗助は義晴を踏んでいた。しかも鳩尾を。

これがとどめとなり義晴の意識は飛ぶ。そこは計算してなかったと少し慌てたが天野宗助が背負った籠を前に移動させて、慌てて義晴を背負って山を下り始めたので三九郎は一度天を仰いだ後に……。

「まぁ、天野宗助と接触出来たからいいか」

これを口実に会えばいいと前向きに考えることにした。彼は大変優秀な忍びではあるのだが、時たま全てを投げ出したかのように雑になることが義晴曰く彼の数少ない短所の一つである。

この後楚那村の村長の元へ運ばれた義晴は、天野宗助に行き倒れていた所を助けられたという名目で翌日、村の子供達に天野宗助の家に案内をさせて堂々と正面から入り、邂逅することになる。

だが、この経緯だけは絶対に義晴は表に出すことはない。

三九郎も月ヶ原家の恥になりかねないので、このことは墓にまで持っていくのであった。

天野宗助関連の〇ikipedia　一部抜粋

・天野宗助（1535~1574（これは活動していたとされる期間の記録））
戦国時代において奇才を示し、多様な作品を多く生み出した戦国時代の職人。
出生地や年齢等の正確な情報は一切不明であるがおよそ八の歳に活動を行う地、清条国楚那村（現　清条府楚那市）にやってきたとされる。

彼の奇抜な作品は近代の技術に近いことから当時としては斬新、革新的な技術であり、後世にも影響を与えた。
彼の作品には様々な逸話や伝説が多く残っており、山に篭り人を避けて作品を作る姿から当時の人達は彼の事を気まぐれに地上に降りてきた仙人、人の姿を借りた職人の神、人の世に馴染もうとする鬼等の噂が広がるが、彼と親交があったものからの記録にはそういった噂に大変迷惑そうな顔をしていたとあり、ただの人嫌いであったという説が強い。※1
彼を知るものはただの戦嫌いの変わり者と揃って書いている。
天野宗助の人柄は大変温厚で、月ヶ原義晴や地《ち》ノ《の》守《まもり》太郎助《たろうすけ》等多くの者に世話を焼かれることがあった。

しかし料理上手で物を大事にする人物であったと記録があり、また月ヶ原義晴が家を訪れた際に家の掃除をしていた事が多々あったという記録から生活能力が低い訳ではないという。

礼儀正しい人物であり、職人としての筋を大事にしていたため出来た人との繋がりは大事にし、また職人として初めて卸す種類の作品があるとどれだけ質が良い作品であっても相場の最低価格で売ってくれというのだがこの点だけは困った職人であると花衣屋で言われていた。※2

※1　月ヶ原義晴が天野宗助に町で仙人扱いされていると言ったところ、顔をしかめてそんな噂が出たら山に多くの物見遊山な人が来るから困ると言っていたという記録がある。（出典　月ヶ原義晴の日記から）

※2　これは花衣屋が天野宗助の卸す作品の腕の高さは信頼しているので相場より少し高めで売ろうとしたが、天野宗助はその専門の職人に対して新参に近い自分が高い値段で売るのは良くないという理由のため、花衣屋からすれば技術と価値に相応しい価格で売るのが天野宗助のためであるという意見の食い違いで起きたことであるという記録がある。（出典　花衣職人記録書「天野宗助氏」から）

出典　天野宗助資料館、清条博物館

・月ヶ原義晴　（1521〜1580）

清条国の月ヶ原家8代目当主であり、日本を統一した天下人として有名。

当時悪名高い国であった莫呑《なかの》の軍勢を打倒したことで多くの国々が彼の傘下になると志願したために月ヶ原義晴は当時22という若さで天下人となった。
・・・・・・
月ヶ原義晴が最も寵愛していた職人は天野宗助、ただ一人である。

楚那村に赴いた際に天野宗助が住む山にて迷い、行き倒れそうになったのを救ったのが天野宗助であった。※1

多くの不思議な逸話を持つ作品を作った天野宗助をこの世に知らしめる切っ掛けになったのは月ヶ原義晴であり、彼の愛刀である刃龍は天野宗助の初期の作品であり、この刀との出会いが天野宗助の腕にほれ込んだ切っ掛けであると自身の書に記録している。

月ヶ原義晴はこの刃龍に出会った次の日には天野宗助が住む楚那村を戦の徴集の対象から外すように命じて天野宗助が戦の影響を受けずに自由に作品を作れる環境を整え、忍びにより警護させて安全確保を行ったので刃龍をかなり気に入ったようだと家臣である此枝三九郎《このえだざんくろう》は察したという。

一部ではこの待遇は刃龍を貰ったお返しではないかと言われているが、戦嫌いであった天野宗助にとってそれは一番喜ぶことであったのは間違いのないことであった。

天野宗助は生活能力が低い訳ではないが危機管理能力が低いといつも此枝三九郎にぼやいていた

ようで度々世話を焼いており、そんな二人が兄弟のように見える家臣達は多かったという。※2
月ヶ原義晴を知る人物の多くは天野宗助に対して大変世話を焼いている姿に驚いたとよく記録される。

※1　天野宗助は楚那村に自身の知恵を多く授けており、その中には農業に関しての知識もあったため、その調査のために楚那村に訪れたのではという説がある。
※2　此枝三九郎の日誌にて月ヶ原義晴はよく天野宗助に対して生活習慣や危機管理能力の低さから説教をしていたという記録が多く残っており、他の家臣の日記にも書かれている。
出典　月ヶ原家関連書物、清条博物館

・星落ノ山
天野宗助が活動の中心とした屋敷と工房がある山。隕石が落下したことから名がついたとされる。
（元　火牟呂山）※1
楚那村から歩いて三十分で山の入口に着くが、工房に行くまでは二時間ほど時間がかかる。ただしこれは観光用に用意された道の時間であり、天野宗助と関係者は別の裏道を通っていたため約三十分程度の距離であった。（現在は江戸時代に起きた地震による崩落により復旧不可とされている）
元からであったのか、隕石の影響かは不明であるが、資源が豊富であったため天野宗助は作品の

製作時に資源に困ることはそう無かったと記録がある。※2
また、彼と深く親交があった月ヶ原家8代目当主月ヶ原義晴との出会いはこの山である。（出会った経緯は天野宗助または月ヶ原義晴を参照）
水が澄んで綺麗であったため天野宗助は山の水を使い清酒を造っていたが、月ヶ原義晴によく持っていかれて量が減ることを嘆いていたという有名な話がある。※3

※1　彼が住む数十年前に隕石が落下した記録があるが、その遥かに前（現在は平安時代前と推測されている）に巨大な隕石が落下した記録が発見され、星刀剣とよばれる彼の作品はその隕石が使われたという説がある。
※2　素材がないとよく嘆いていたのは主に布や貝殻であった。
※3　月ヶ原義晴が生涯で一番美味い酒と評するほどの酒は天野宗助が造った酒であった。そのため造られた際には必ず持ち帰りたいと強請っていたという。
出典　天野宗助資料館、清条博物館

・国宝　打刀　刃龍
直刃の美しい刀身を持つ刀、切れ味も良いが何より特徴は鍔の部分とされる。

龍が刀を囲むように巻きつく姿をした鍔をしているが姿を見るたびに手や口、目を開かせたり閉ざしたりしていることから月ヶ原義晴はこの刀には龍がいると信じ話しかける姿が家臣の日記に記録されている。
また刀掛けにてカタカタと動く刃龍を多くの家臣が目撃し、今でも博物館にて動く姿が目撃されている。

持ち主の危機には龍が飛び出して守るという話があるが詳しい記録は残っていない、が月ヶ原義晴はある時期から特に大事にするようになったと複数の記録が残るため恐らくはその時にはすでに刃龍に命を救われていたのではと考察されている。
この刀が世に初めて出たとされる天野宗助の作品である。

出典　月ヶ原所蔵宝物書、天野宗助作銘品書　等
現在　清条博物館にて所蔵

・銘酒　水清酒
戦国の職人　天野宗助が造った酒の品種
星落ノ山の澄んだ水から造られた酒は舌ざわり、香り、喉越しがよく、後味も程よく残る。

初めて飲んだものは泉の精霊に会えると言われるが、二度目以降は稀に会えるとされるため何時会えるかは精霊の気まぐれとも言われる。

時間をかけてつくるため月の販売数は酒樽20本も満たない、故に希少性も高い。

天皇家に献上されているため、贈り物としても大変喜ばれる。某国の首相、大統領にも振舞われた際に彼らもまた精霊を見たと証言したことから世界に「水清酒」の名が轟いた。

天野宗助は水清酒をもっと美味しく改良させたが試飲した月ヶ原義晴が美味すぎて他の酒を飲めなくなるとこの酒の製造方法の書いた紙を破棄させた話が残る。現在でもその製造方法は不明であり、幻の酒となっている。

現在は清条国天野酒店のみで製造・販売されている。

出典　天野宗助資料館、清条国天野酒店

・星刀剣シリーズ　短刀　星海宗助
天野宗助が生み出した刀剣。
隕石を使った星刀剣シリーズの一つ。※1
初めに作られた星刀剣シリーズであり、一番初めに名前が付いた。
月の光を当てると星を浮かび上がらせるという不思議な力を持つ。

ある年に星海宗助を見せて自慢していた月ヶ原義晴はある海軍の武将から北斗七星があると言われ、他にも昴星《すばる》などの方角を示す星が見つかったことから天野宗助は星空を正確にこの刀に映したと評し、後日、褒美と酒を天野宗助に贈ったという。

義晴の部下三九郎の手記によると最初は弟刀の流星宗助を欲しがっていたが持てなかったのでやめて代わりに星海宗助を譲ってもらったという。

また流星宗助の行方に己の息がかかるものを所望していたという記載がある。

月ヶ原家の子供達の中で航海や天体に関連する職に就きたいと夢を持つ子がいれば自身の刃にて星の勉強をさせたという逸話がある。

※1　星を使ったと記録されているため2024年に没後450年を記念した大規模な調査が行われた際に他の星刀剣シリーズと共に材質を調べるとギベオンが含まれていたことから真の星の刀として注目を集める。

出典　月ヶ原所蔵宝物書、天野宗助作銘品書　等

現在　清条博物館にて所蔵

・風鈴　銘無し　友鈴

淡い青が渦巻く海の中をペンギンが泳いでいるように見える模様が特徴。

清条国の忠臣沢野木伝六が所持していた風鈴であり、彼の書物から愛用品であったとされる。彼が夏の暑さに耐えられるようにと月ヶ原義晴から天野宗助に依頼されたもの。

この風鈴を沢野木伝六は大変大事にしており、夏の始まりにはすぐに出し、夏が終わると名残惜しそうに仕舞っていたと記録がある。

この上記の件と夏に調子が良くなることから晩年では〝夏武将〟と呼ばれ、義晴からは〝夏爺〟と呼ばれていたと城中の記録に記載される。

友鈴は環境省の環境大臣が就任する際に受け継がれる由緒正しい風鈴であり、代々愛用されている風鈴。
この風鈴は吊るすと夏場は電気いらずと言われるほど涼しくなることからもエコであると愛用されている。がそれが大きな理由ではないと〇〇代目環境大臣の紬兼次《つむぎかねつぐ》は語っている。
詳しくは語らないが夏にだけ現れる友がいるからと答え、その友の前では悪さは出来ないとも語った。※1
この発言についての詳細は不明であるが環境大臣を担当したことがある議員は全員同意していたという。※2
現在　環境省にて代々受け継がれている国宝である。

※1　夏になると沢野木伝六の傍に鳥のような生き物がいると複数の記録があるため夏にだけ現

れる友はこの鳥のような生き物であるとされる。
※2　これはテレビ局が環境庁の密着取材を行った際に紬兼次議員が風鈴を吊るす場面にて発言されたもので、企画で映像を環境大臣だった議員に確認してみたところ全員が同意し、ある議員は映された画面に触れて風鈴を撫でる仕草をした。
出典　天野宗助作銘品書　等
現在　環境庁にて所蔵。

・獣型根付　梟番
天野宗助が作製した動物の形をした根付。

二匹の梟が翼で互いを包み、穏やかな表情を浮かべる作品。

蒼里国の治安部隊隊長であり、早紀野守家三男坊の高佐の妻として有名な琴音が持っていた根付で有名。

元は楚那村の村長の持ち物であったが、山賊に奪われ、当時山賊に攫われていた琴音（改名前お琴）が山賊から価値が無いものとして押し付けられたものであるという。

山賊から逃げる際に梟が彼女を救い、見回りをしていた高佐の所属する部隊に救助させたという逸話がある。

高佐に救助されて以降も彼女の命を何度も救い、高佐と結ばれる切っ掛けをつくり、琴音の子を守った等の逸話をもつことから幸福を招く根付と呼ばれる。

梟が宿る根付とも言われ、持主の危機、祝辞、吉兆の時には二匹の梟が現れるといわれ、早紀野守家では雄を白勇《はくゆう》、雌を白花《はくか》と呼び、今もこの番と親交を深めているという。

この根付から早紀野守家の家紋には二匹の梟が使用されたという説がある。

出典　天野宗助作銘品書　等
現在は早紀野守家の個人財産であり、今も継承される家宝として保管されている。

・名品　手鏡　葵姫
大手百貨店の花衣屋に代々伝わる鏡。

コンパクト型の立葵の装飾があしらわれている美しい手鏡。

映ったものがなるべき姿に変化させる鏡として有名で、数多くのものを変化させた逸話がある。

最初の持ち主であるお咲を仕事の出来る女へと変えて、輝かしい栄光を与えたが彼女はそれに慢心せずいつまでも美しさもやる気も向上させて女傑になった。

またある時はある冴えない武士をエリート文官に育てあげ、またある時は小汚い子供を超人気の舞台役者へと変えたという。

映る姿は鏡故に変わるが口調はどこか偉そうな口調であったこととまた女子の姿を映すと高貴な姫君のような口調になったことから名前に姫がつけられた。


普段は花衣屋本店のエントランスに飾られている。

これは葵姫が与える変化の切っ掛けをほかの人にも分け与えたいというお咲の思いを受け継いだもので今も尚行われているのだという。

しかし、なぜかこの鏡がある場所から鏡や店の商品を盗もうとしたり、悪さをしようとすると邪魔されてしまいすぐに捕まるため厄除けにもいいという評判もあった。


また白百合の薙刀と並ぶと女の話し合う声が聞こえるという噂があるらしい。※1

※1　人の導き方や方針を議論することが多いそうで、ある特別展示においてこれを聞いた高校の女教師は進路相談に力を入れて多くの生徒の未来に道をつくった。
出典　月ヶ原所蔵宝物書、天野宗助作銘品書　等
現在　大手百貨店の花衣屋にて所蔵並びに展示中

・名品　陶器　龍雲

清条府登尾市龍雨《りゅうう》神社の御神体である壺。

青みがかった灰色に白い雲のような模様が描かれた水の入った壺で、龍の寝床として龍雨神社に祀られている。

日照りが続き水不足となった村に天野宗助が住んでいた楚那村から水の入った壺を贈られたことでこの地に来たが、その後に雨を降らせて土地を潤したという逸話が存在し、今も尚登尾市周辺では干ばつの被害は一切無く、龍神様が適度に雨を降らせていると言い伝えが存在する。

書物には白い龍に体を巻かれてじゃれつかれている熊八という男の姿がよく見られたと記される。

この熊八を龍が大層気に入った故に村を救ったという当時の村長の記録から、彼が最初の所持者であると推測されている。

天野宗助作と判明したのは江戸時代に天野宗助が作ったものを管理していた月ヶ原家の記録に天野宗助が善意で水をいれて登尾村に村の者が用意した水壺と一緒に贈ったと記録があったことからである。

当時のことを月ヶ原義晴の部下、此枝三九郎は日記にこの件を天野宗助から聞いた時はすごく心臓に悪かったと書いている。

今も龍は壺に棲んでおり、時には雨を降らせて、社を守る一族（龍守氏）の傍にいるらしい。

昔から登尾市に住む人間には龍の姿を見ることが出来るようで、龍守氏の子供と遊ぶ姿や、遅刻しそうな時は咥えて空を飛ぶ姿をみたことがあるという目撃談があり日常的な事であるという。この一族から龍を離そうとする、もしくは一族を害そうとすると龍の祟りに遭い、火の災難によく遭うという昔からの言い伝えから住人は龍のことを見守っているという。※1

龍壺を刃龍の傍におく風習がある。※2

※1 ある年に龍守一族の中から他の村に嫁いだ娘がいたのだが嫁ぎ先で嫁いびりをされて泣いていた時には空から白い龍が雷鳴と共に現れた。嫁ぎ先の家に怒りから雷を落とし、娘を乗せて帰っていったという事件があったため周辺の村では特に手を出してはならないと言いつけられた。
※2 月ヶ原義晴の愛刀刃龍には頭が上がらないらしく刃龍が傍にいるときは静かにしているため、龍守氏は龍が悪さをすると罰として刃龍が展示されている清条博物館まで連れて反省させに行くという話からネットでは龍雲が清条博物館に展示される告知がされる度に龍雲反省中、刃龍兄さん今日もお説教お疲れ様です等コメントがつく。
出典　月ヶ原所蔵宝物書、天野宗助作銘品書　等
現在　龍雨神社にて保管

・簪　銘　不明

天野宗助が商売として作ったといわれる多くの簪。

豊富な種類ではあったが全てに美しい装飾がされており、商人達は一目で彼の作品とわかるほどに美しかったという。当時の花衣屋の中でも売れ筋の商品であったという。

目立った逸話はなく銘もないが、彼が作った簪は当時の女性達の間では幸運を呼ぶ簪と呼ばれた。

それはこの簪を髪に差していると失せものが見つかる、いい縁と結ばれる等良いことが起こるので幸せを呼ぶとして人気の簪であった。

また簪の特徴によっては不思議な力もあり、猫の簪をつけると猫が寄ってくる、蝶の簪だと蝶が髪に止まり、花の簪をつけているとその匂いがしたという。

また持ち主の身代わりとなり壊れたものもあるという話が多く残されている。

天野宗助が村の幼馴染であるおゆきと地ノ守太郎助に語ったとされる記録には売り物でも簪を差した女性が美しくなるようにと願っていたとあり、簪はその思いを強く受けているのではと月ヶ原義晴は考え、一部の簪を除き簪に対しては記録を取らずに好きに作らせたという。

出典　月ヶ原所蔵宝物書、天野宗助作銘品書　等

・有形文化財　花簪　四季姫

天野宗助が作った花簪、桜吹雪、向日葵、竜胆の君、梅花の四つを総称したもの。

それぞれが四季の花であること、姫のような美しさから気軽に手を出せなかったことから四季姫と呼ばれたという。

この姫達に選ばれた人間は模られた花のように華やかに、彩りのある人生を送るという話が有名。

元は花衣屋にて共に売られ、それぞれ己に相応しい持ち主の元へ行ったとされるが、桜吹雪のみ現在でも花衣屋の姉妹店である木崎屋に保管されている。

・四季姫　桜吹雪

木崎屋に代々伝わる簪。

天野宗助が作ったとされる布で作られた桜の花簪。

美しい大輪の桜が咲く花簪で所持者であった木崎屋の女将お澪は桜が似合う女として常和で有名であり桜美人と呼ばれていた。


桜の香りと花弁が舞った時は桜吹雪が何かをしており、木崎屋の風習の一つに桜の香りがするときは簪に触れないようにするというものがある。

これはある時木崎屋の二代目店主が桜の香りがするときに身に着けた妻である女将お澪に悪戯しようと触れた際に桜の花弁が怒るように彼の顔に張り付いたという逸話から行うようになったとい

う。
また木崎屋の店の中でマナーの悪い客や店のもの（商品や従業員）に良からぬ気持ちで近づくものには厳しく、すぐに桜の花弁が店の外にまで追い出すが、常連やマナーのいい客には相応しいものを教えるように花弁が飛ぶという。

月ヶ原義晴が花衣屋に簪を卸すことを許したのは桜吹雪の化身の女が木崎屋二代目店主（当時花衣屋所属）に心を許し、他の簪をいい人の所へ渡るように頼んだのを見たからだと記録されている。
出典　月ヶ原所蔵宝物書、天野宗助作銘品書　等
現在　現木崎家当主が所有、木崎屋本店にて桜の咲く時期にのみ展示。

・名品　動物像　河童横綱
天野宗助作で河原家に代々伝わる木像の河童像。現在は河原家の子孫である豪流関の相撲部屋川之部屋が所有、管理をしている。
天野宗助が村の相撲の儀式の際に作り、当時の河原家当主河原玄三郎が河童横綱を気に入り譲ってもらったことから河原家に来たとされる。※1
河原家の居間に代々飾られており、河原家の者だけでなく仕えていた女中や奉公人達の守護をしてくれると言い伝えられており、時には河原玄三郎の妻や奉公人達の命を救ったことから玄三郎の時代から守り神として丁重に飾っていた。

また玄三郎の子供の一人を横綱にまで育て上げたという逸話から相撲の神としても後に祀られた。

これは初代川之部屋の横綱碧流関が己の師匠は河童だと言っていたとされることから河童横綱が彼を守護する際に鍛えたようだと玄三郎の日記により語られている。

また川之部屋の若い力士が夢の中で河童に稽古をしてもらったと多くの声が上がり、育てられたという者が多かったため力士を育てる相撲の神として話が広まる。


川之部屋の大事な試合には必ず会場に連れていき会場の関係者席の上に置かれ、この像が置かれると必ず他の部屋の力士達が挨拶や拝みにくるという。
※1　河原玄三郎の日記によると河童横綱は河原玄三郎と相撲がしたいために持ち帰らせる形でついてきたようだと記載がある。
出典　月ヶ原所蔵宝物書、天野宗助作銘品書　等
現在　川之部屋にて保管

あとがき

今回、この作品を本または電子書籍にて手に取って頂きありがとうございます。

ウェブサイトから楽しんでくれている方々や今回書籍化において多くのお力を貸して頂いた関係各社の皆様、今回イラストにして頂いた事で作品のイメージを大きく広げる事が出来た絵師のすざく様に心からの感謝を申し上げます。


この作品は私がアニメやゲーム、音楽や周囲の人間からの影響で出来た話であり、筆の進みがかなり遅いので、書籍化の声等かかることはないだろうと気ままにやっていました。ですが、TOブックス社の方からお声がかかった時には、メールを二度見して、一日程これはマジなのだろうか？　もしくは流行りの詐欺なのか？　という大変失礼な疑いを持ちつつもご連絡をしました。

私は出版されている作品を読んだことも購入したこともあるので一読者としてはこの出版社を知っているぞということ。

と、もし詐欺ならば逆にTOブックス社の方のためにも戦おうぞ！　と戦に挑む武士の気持ちで初の顔合わせに挑みましたが……マジの書籍化のお話だったので打ち合わせ後に一人で申し訳ございませんとパソコンの画面の前で小一時間程、謝っていました。本当に疑ってすみませんでした。

私事ですが、実は周囲に隠れて執筆をしており、実の親にもずっと隠しています。

結婚して親元を離れた後も旦那に隠れて執筆していたのですが、今回の書籍化を機にこそこそと小説を書いていた事を旦那にだけ話をしました。

旦那は全く気付かなかったと驚き、書籍化を喜んでくれただけでなく、その後に先生の初書籍化の祝いだからとノートパソコンを新調までしてくれたので頭が上がりません。お陰でサクサクと作業が出来ました。

そんな旦那の協力もあった初めての書籍にするための作業はすごく大変で慣れないことが多く、一巻を出すのに半年以上の作業をしました。出版社はいつもこの工程をしているのかと一冊の本が生まれることの大変さを知りました。

また絵師の方が筆の早いお人で、キャラデザが出来たと届いたイラストに「やだ、宗助が可愛い、義晴様イケメンだぁ……」と感動していたら、すぐに挿絵のラフが届き、その早さに驚いていたら仕上げも出来たので確認をお願いします！　とイラストが流星のような早さで届きました。

その早さに、私と正反対な人がイラスト担当になった事に不思議な縁を感じました。

さてあとがきと言えば裏話であるとネットで調べたらありましたので今回は現代にいたころ

の宗助のお話をします。

宗助はなろう小説の作品でよくあるトラックに轢かれる方法で異世界に飛んでいますが、最初は〝背中を押されて電車に轢かれる〟にしようと思っていました。が、現代での宗助は多趣味な変な人とは思われても、別に人に恨まれることはしていないと考えてやめました。

また、宗助は会社の人から好かれていたので突然の訃報に同僚や親交のあった社員達が彼の死を惜しみ、涙しました。中には宗助を慕う女性もいて、トラックに轢かれなければその人と結ばれている未来もあったりします。

あの場にいた三人のその後ですが、田中は生涯宗助の事を忘れず、友として思い続けました。命日になれば宗助が好んでいたお酒を墓に供えて自身の一年の報告をして偲びます。

姉は弟が目の前で死んだために悲しみにくれますが、両親に宗助の最後を伝え、息子を守ってくれた勇敢で、優しい弟だったと葬儀の際に親戚達に話しています。その後は宗助が出来なかった代わりに、老後を楽しめるようにと手芸やガーデニングをはじめています。

空太は目の前で息を引き取った大好きな叔父を忘れられず、一人でも人を救えるようにと警察官への道を夢に持ちます。

はかなくも宗助が叔父によりセカンドライフでの夢を見たように、空太も叔父により将来の夢を見つけたのです。

この作品は戦国時代を題材にしつつもパラレルワールドで、そこにファンタジーを投げ込んだお話という少々特殊な作品ではありますが、多くの方がこの作品を楽しんでいるというコメントを頂いており、大変励みになります。

この後も宗助の作る作品は多くの登場人物の手に渡り、それぞれが物語を作っていきます。

その物語はどこかで繋がり、未来でどう語られていくのかを綴っていきますので長いお付き合いになると思いますが、よろしくお願い致します。

白龍斎

次巻予告
立派な店だなぁ
呑気な奴め
のんびり職人と
切れ者領主の
凸凹コンビが紡ぐ
戦国ファンタジー
第二弾！
戦国《せんごく》一の《いちの》職人《しょくにん》 弐
天・野・宗・助
白龍斎
【絵】すざく

宗助、
狙われる!?
2024年冬発売!

小説
第16巻
2024年
9月20日
発売!
シリーズ累計
245万部
突破!
(紙+電子)
絶賛配信中!
帝国物語
式HPへ!
餅月望―著
Gilse―イラスト

ティアムーン帝国物語
ティアムーン帝国物語
ティアムーン帝国物語
ティアムーン帝国物語
ティアムーン帝国物語
ティアムーン帝国物語
ティアムーン帝国物語
ティアムーン帝国物語
漫画：杜乃ミズ
コミックス
第9巻
2024年秋
発売！
各配信サイトにて
TVアニメ
ティアムーン
断頭台から始まる、
姫の転生逆転ストーリー
詳しくは公

戦国一の職人　天野宗助

2024年10月1日　第1刷発行

著　者　白龍斎

発行者　本田武市

発行所　TOブックス
〒150-0002
東京都渋谷区渋谷三丁目1番1号　PMO渋谷Ⅱ　11階
TEL 0120-933-772（営業フリーダイヤル）
FAX 050-3156-0508

印刷・製本　中央精版印刷株式会社

ISBN978-4-86794-306-9